安石榴 / 著

微型小说名家系列

满天星

MANTIANXING

百花洲文艺出版社
BAIHUAZHOU LITERATURE AND ART PRESS

图书在版编目（CIP）数据

满天星 / 安石榴著. -- 南昌：百花洲文艺出版社, 2024. 10.

ISBN 978-7-5500-4985-7

Ⅰ. I247.82

中国国家版本馆CIP数据核字第2024SW8969号

满天星

安石榴　著

出 版 人	陈　波
总 策 划	张　越
责任编辑	李梦琦
书籍设计	方　方
制　　作	周璐敏
出版发行	百花洲文艺出版社
社　　址	南昌市红谷滩区世贸路898号博能中心一期A座20楼
邮　　编	330038
经　　销	全国新华书店
印　　刷	湖北金港彩印有限公司
开　　本	889 mm×1194 mm 1/32　　印张 7.375
版　　次	2024年10月第1版
印　　次	2024年10月第1次印刷
字　　数	160千字
书　　号	ISBN 978-7-5500-4985-7
定　　价	39.80元

赣版权登字 05-2024-264

邮购联系　0791-86895108

网　　址　http://www.bhzwy.com

图书若有印装错误，影响阅读，可与承印厂联系调换。

目　录

陌　路

二虎捡了一个日本媳妇，叫什么名字说不清楚。女人粗短身材，肥脸，宽下巴，塌鼻子，眼形如线。二虎说，丑是丑些，可好使。炕上，她从未拒绝过他；炕下呢，家务活样样上得了手。话少，她也不会说几句中国话呀；酒量大，他稀罕她喝酒。二虎在鸡东下井挖煤，每次从地底下爬出来，都阴魂返阳似的，想狠狠砸碎点什么听响儿。回到租住的小屋，日本媳妇拾掇得亮堂堂，热乎乎的饭菜马上摆上来，二虎的心就成了铁匠炉里的铁，化了。日本媳妇再陪他喝几盅，二虎舒服得就没边儿了。两人喝酒，起初总是各说各的。她说的他不懂，他表的她不明白。直等到一壶老白干见底，奇迹就发生了。还是一个中国人一个日本人，一个说中国话一个说日本话，可是，两人你一言我一语，对答如流。

二虎说：唱一个吧。

日本媳妇说：好，唱一个。

日本媳妇咿咿呀呀唱起来，二虎拿着一根筷子敲盘子边儿，一下一下砸在歌声里。起初，两种劲头在小炕桌上硬生生地对峙，不合，渐渐飘起来，在空中碰撞，交融，传到小屋外面时，竟然拧成一股劲儿，亦步亦趋的样子。却也终于没有着落，在低矮的草木、蔬菜上游来荡去。夜空的星星眨着眼瞄着它们徒劳狂奔，似乎也无可奈何。最终，还是庞大阴沉的树冠来帮忙了，却也只吸纳了歌子的旋律，另有零星的音符被甩在孤寂的夜空里水泡一样破碎。筷子打出的节奏时而突兀，时而喑哑，也一粒粒破碎着。虽然，这破碎不是那破碎，可到底破碎着。直到日本媳妇把歌声收了，二虎劝着她，也劝着自己，双双再喝下一杯，然后——

二虎饧着眼睛：这歌挺悲呀，叫什么名字？

日本媳妇低低勾住头：告诉你你也不明白，还是算了吧。

这话说完，两人把小炕桌推到一边，抱成一团，又哭又笑，又喊又叫，折腾大半宿才罢休。

一转眼，大半年过去了。盛夏已至，处处浓翠。河里的鱼又肥又大。这天，二虎升井之后，并未直接回家，而是从工友那里讨了鱼竿鱼篓，打算钓几条鱼晚上下酒。

大河甩出来一条河汊子，弯了一下，形成一片舒缓的水域。光复以前是日本人的采砂场。河底的大沙坑吞人吃牲口，却是鱼类的家园。河岸上蒿草茂盛，二虎坐在里面，平心静气地盯着红色浮漂。鱼篓泡在河水里，里面有一条草鱼吐水泡。就在这时，二虎听到上游不远处有声音，钝，闷，却十分有力，零落、震荡在水面和山谷中，似一巨型怪兽思谋着顿足。他站起来，矮树遮挡了视线，恰好身后一块岩石连接着一段崖岸，他爬上去，视野大开，无遮无拦。是他的日本媳妇，她赤背站在齐腰的河水里，声音来自她的手，握成拳头击在自己的肚子上。二虎先惊住了，呆成一截木桩，然后，他埋下腰身，悄悄回到岸边，仍坐回到一蓬蒲草上。那个沉闷的声音在持续，一下下从他的耳朵砸进，落到心上。二虎漫无目的地盯着河面，终于，一片血水一边充扩着，一边消散着，慢慢向下游流去。

这娘们竟然还留了一手啊。二虎在心里喊了一句，眼窝一潮，他松开了手里的鱼竿，河里似有一只手，轻轻拖走了它。

夕阳掉落山后，山间土道上飘起朦胧的雾气，他走在这路上，却离他的家越来越远。一辆马车驶来，他跳坐上去。赶车的老板子还未张口，围着一条草绿毯子的老太太问他：

孩子，这老晚了，你去哪儿呢？

二虎说：你们去哪里？

鸡西啊。

妥了，我就去那儿。二虎回道。

他乡非故乡

八个日本女人出现在老张面前，花花搭搭地一大堆。老张挤咕着一双红沙眼仔细一瞧，花包袱、小孩子放一地，八个女人叽叽咕咕地和老张比画要过河。老张笑了，高门大嗓地说：好啊，现在你们走背运啦！八个女人住了声，傻呆呆地看老张。老张瞧着高兴啊，手指在空中戳着她们，又大声说：嘚瑟呀，你们小日本子嘚瑟呀！哈哈，光复啦，你们嘚瑟不起来了吧？八个女人听不懂，看着老张的脸哇哇哭起来，一个跟着一个地瘫软在地上，有的把脸窝在自己的肚子上呜咽，有的又开腿放大悲声地号啕。老张看热闹似的看了一会儿，想，也是啊，这些老娘们也没干啥，都是她们的老爷们造的孽，这会儿倒不管她们啦，真他妈不够揍儿。

可是，老张不能把她们渡过河去。

有一个女人给老张跪下了，另外七个也马上仿效，齐刷刷跪下。老张说：你们不用跪，我不送你们。送你们也没用，那边没路可走。

女人们还是不知道老张说的什么，但是，她们明白老张拒绝用他的船送她们过江。她们凑了几件金首饰，交由一个人手捧着送到老张面前。老张吓一跳，他从来没拿过人家的东西，好孬东西都没有白拿过。连连后退中急中生智，你们不是听不懂我说的话吗？我比画给你们看。他指指身后的小船，又用手划拉一大圈，把八个女人和地上的孩子画在圈中，然后摆摆手。意思是你们死心吧，这么多人这么多东西小船载不了，你们走别的道吧。女人们点着头，抓起地上的包袱咚咚咚扔进大江，只剩八个女人六个小孩子。老张心里哎呀一声，这些老娘们还真有狠劲儿。不是我不送你们，大江那边是望不到边的草甸子，没人烟。你们得退回去，退到大路上去。顺着大路走才对。老张琢磨了一会儿，重新打手势，指指自己身后的大江，向她们摆摆手，指指她们身后的来路，点点头。

八个女人又聚在一起低声说话，随后有干干的哭泣声，其中一人厉声说了一句什么，哭声止住了，她们纷纷抱起了孩子。老张以为这八个娘们终于明白了他的话，准备转身了。却见她们走到江边咚咚咚把六个小孩子扔进大江。我的妈呀！老张吓得惊叫起来。这些日本娘们疯啦！疯啦！八个日本女人死死地盯着老张，每个人眼里都喷着火，要吃他似的。

老张头皮发麻，脊梁骨漏风，他撤了支在岸上的锅灶——他正在做午饭，拖拉着老寒腿上船，八个女人一个跟着一个，敏捷地跳上船。

阳历八月正是汛期，江面阔大，江水又厚又重。老张划到对岸，汗水湿透全身。夕阳正在下沉，大草甸子苍茫无边，没有遮挡的天空尽情地把血样的红光泼洒下来，而沉重的铅色云朵低低地压住它们，大草甸子也血红一片了。

八个女人跳上岸，老张仓皇而逃。他听到身后呜呜的哭声再次响起，似乎又有异样的声音响起，咚咚咚……老张胆怯地回过头，岸上静悄悄，江面静悄悄，什么都没有……

　　老张松开了桨，把头仰向天空，嘶哑着嗓子喊道：小日本子，小日本子，看你们造的孽！挨天杀的，看你们造的孽！

洋落儿

南去的大道，半空悬着烟尘。一拨拨的日本人，牛群羊群一样密密匝匝地挤在一起，噗嗒嗒卷过去。张大老实一家插好院门，熄了灶火，躲在窗户纸后面偷偷向外面看。"又一伙……"他轻轻低呼，因为心一直在哆嗦，他已经数不清过去多少伙了。

大道半空的烟尘落不下来，新的在涌起，太阳不亮堂了，四处充扩的灰尘慢慢落在张大老实家的柴火垛、鸡窝和窗台上，一层细细的黄色尘土。

清早，邻居撞他家的大门，指着背上背着的大花包袱告诉他："快去捡吧，再晚点儿啥都没有啦！"

张大老实深吸一口气，走出来，才发现大太阳通红通红的，天空瓦蓝瓦蓝的，早已尘埃落定。现在，大道上走着的是步伐轻快的中国人，每个人都是一张欢天喜地的脸。张大老实总算相信了：光复了，日本人完蛋了！

人们都在捡洋落儿。开拓团的日本人跑光了，邻居们收获很多，怀抱肩扛，连拖带拽。张大老实有点害怕，有点眼馋。邻居嚷他："大老实啊大老实，你窝囊到家了。不偷不抢，捡点洋落儿都不敢吗？"张大老实看着邻居一手抓着捡来的一只花瓷盘，一路撵着捡来的两头猪，他心里发了一个狠：敢，怎么不敢。

张大老实向五里地外的日本开拓团走去。他的确来晚了，开拓团安静得死去了一般，空洞得连风都不再低吟。一只失了主人的狗，精瘦，耸着肩胛骨四处抓扒鼻嗅。猛然一抬头，撞上张大老实的眼光，双方都是一惊，它却颤抖着夹起尾巴逃了。张大老实松了一口气：看来日本狗也知道失势了。他陡然长了精神，胆子暴涨，向最近一处房子走去。推门进去，门口地板上仰面躺着一个穿日本和服的女人，胸口的血渍已经乌黑。张大老实绕过她向里面走了几步，半空吊挂着一具男尸，离地的双脚下，一只小方凳四脚朝天倒在旁边。张大老实转身往外走，开着的门有点别扭，门后仿佛有东西，他一推，现出门后挤在一起的三个小男孩。木僵僵的，一律雪白的衬衫，胸口的血渍也是乌黑的。张大老实头皮发紧，急急迈步，门厅处一个窄长的案子，上面一个精致的小玻璃瓶，瓶子上有字"味の素"，他不假思索地抓起来，揣怀里。他在警察署的伙房干过，熟悉这种稀罕物。

中午，张大老实的老婆用猪油炖了一锅豆角，她放了一点"味の素"。老婆对他捡的洋落儿有点不屑，心说：提鲜？你要是逮一只猪来才叫鲜。张大老实却一心思谋着那一家五口人的样子。自己的家也是五口人啊！拿起筷子的时候，张大老实突然就想明白了。那户日本人家的几具死尸大概是这样的：男主人绝望了，他不相信拖家带口能逃回日本，他又不忍心丢弃他们。他杀了妻子，又追到门后，那里躲着三个儿子，他们吓得闭上眼睛不住地颤抖。他把他们全部杀掉了，最后，自己拴了绳子把脖子伸进去，踢翻脚下的凳子。张大老实想到这儿，心里一软，想想自己九一八之后的十几年间，带着全家过着没有主心骨的日子，每每遇到麻烦，将要崩溃的时候，他何曾没有同样的想法呢？张大

满天星

老实眯起眼睛有点同情，有点哀伤：哪国人都一样，当个爹不是容易的事！

张大老实一边吃饭，一边给老婆、俩丫头讲了自己的所见所想。讲完，四口人也吃完了。刚撂下饭碗，那娘仨突然口吐白沫，一眨眼的工夫就不行了。紧接着张大老实发作。他奋力向外爬，手里抓着那瓶"味の素"，他要把这件事告诉邻居们："小日本子太精！太狠！太阴！他们宁可自己动手杀死老婆儿子，也要把毒药省下来，杀死中国人！"可是，张大老实没有时间了，他知道他马上就完了，他往回爬。炕上有他襁褓中的儿子，儿子啥都不知道，睡得正香甜。张大老实哭了，一脸又一脸的泪水，趴在门槛上，眼巴巴望着儿子，他喷血而死。

天　怒

　　阳春三月，大地仍是一片萧索。黑龙江沃野千里的黑土地黑
得怎么那么让人心酸呢？二婶忍不住直起身子瞭望，她眯了眼，锁
住眼泪。风从耳边滑过，没有声音，难得一个艳阳天，地气在光照
中泛起粼粼的波光，雾岗一样重叠迷蒙。那些黢黑的熟地曾经归
二婶娘家、婆家和左邻右舍所有，现在是日本人的了。从前，二
婶的米箱子总生蛀虫，现在，那些虫子都饿死了吧？野菜在原野
上像散落的星星一样，凌乱、参差地冒出地面。二婶领着十二岁
的三丫头沿着山脚剜野菜。她们不敢走远。开拓团在六七里地之
外，远着呢，可保不齐他们不到地里来呀。大野地里碰上他们可
就坏事儿了！二婶、三丫头悄无声息的，尖刀在土中割断野菜根
茎时发出孤独突兀的咯吱声。然而，二婶的泪还是流下来了。她
并不知道自己一脸泪水，她的泪流得太多了吧？流得面皮都麻木
了。女人怎么能不流泪呢？她不怕流泪。女人怎么能没有牵挂呢？
她不怕牵挂，可是她就是想牵挂也牵挂不了了。她的兄弟、她的
丈夫、她的儿子们，不需要了，再也不需要了。小日本子做得绝
呀！二婶就这样想着，剜着。鼻子充塞了，她捏住，狠狠甩了一
下。抬起头，顺下一声低低的呜咽。不经意地那么一瞟，她倏地
一激灵，一粒小黑点，在远处，雾岗中颤动。二婶又眯了眼，手

腕就僵了。小黑点是移动的，一个人，行走中的人，一看走路姿势就知道是个日本人！日本男人！剁菜刀垂落暄土上，赶紧跑？万一他没看到她们呢？一跑反倒露出破绽。她悄声叮嘱三丫头别张望，低下头，把身子团小，团成两块土坷垃。她指望日本人不是奔她来的，她指望他没有看到她们。老天爷啊，您可怜可怜我吧。可是，他还是走过来了，停在她们的身边。一节粗布裹腿、两只摆成八字的翻毛皮鞋溜进二婶的眼角。乌鸦叫了一声，又叫了一声，空旷的原野即刻陷入死寂，凝滞中，一缕声音窄窄地飘起，短促而无耻："花姑娘，塞咕塞咕地……花姑娘……"二婶站了起来，直通通地站了起来。瘦干干的日本男人，菱角脸，老鼠眼，人丹胡。他站在那里看着三丫头，猥琐淫荡地笑。二婶握着剁菜刀发出野兽咆哮的声音："滚！给我滚！我杀了你！杀了你！"回声骤起，四处奔突、碰撞、暴涨，如雷之声充盈天庭，钟罩而下，风的旋涡鼓荡起一股顶天黄色风柱，日本男人趔趄后退，落入风柱的裹挟，一阵烟尘之后，他消失了。

关先生

关先生开班教孩子们"一人两手,两手十指"。等他们会用笔了,又教农字歌儿,一边写一边念。屯子里的人路过私塾,听到一片欢叫:"立春阳气转,雨水沿河边。惊蛰乌鸦叫,春分地气干……"

关先生则斜着身子靠在太师椅上摇晃着脑袋,目光微醺。

屯子里有点头脸的很不高兴,跟关先生读过的经史子集也还没有都忘记,就去质问他:"关先生怎么改辙了?要是学那些我们自己个儿在家就教了。孩子们跟着你,就算不能学富五车,咋的也得知书懂礼,不辱祖宗吧?"

"我没有从你们兜里掏一个大钱。"关先生一句话就把他们打发了。

关先生不收学费。他孤身一人,吃菜进园子就摘,不管是谁家园子。没粮就上财主家要,也不多拿,一个没有瓢子的枕头,只装大半下,提溜着就走,不说半个谢字。

关先生还是教孩子们庄稼事儿、庄稼字儿。孩子们念累了,就跟他打算盘。一年半载地,孩子的家长乐了,嘿!行,小子竟能当半拉家了。

关先生有一小块地,挺远的犄角旮旯,种大烟。割大烟的时候,孩子们全是他的伙计。把烟糨子收在木盆里,放在当院的大太阳下晒，一点一点变成大烟膏子，满院子飘起一种奇异的香气。孩子们火爆的童音，在关先生尖锐挺拔的嗓门引领下，跟着香气游走。

躲在树荫下的家长大骂："造孽啊造孽！"

关先生沉浸在自己的世界里，没有听到。

以后，跑肚拉稀的、染风寒的孩子只需在关先生那里喝点大烟。

孩子只要不生病，个个都是虎羔子。两个孩子支起"黄瓜架"，关先生远远地觑着。长着鞋拔子脸的孩子挨了打，额头上鼓起大包，他流着大鼻涕，一边瞅关先生一边哭。

关先生大声说："哭啥哭？找他家去。"

鞋拔子一会儿就回来了："关先生，他爸爸把我赶出来了，不管。"

关先生一指："去，站在他家大门口骂他祖宗！"

半天，鞋拔子乐颠颠地回来了，张开手，擎着几个大钱："关先生，他爸爸给我的，还说一会儿揍他。"

关先生没吱声，坐在那儿装烟袋。烟荷包里哐嘟哐嘟有动静。里面不光有烟丝，还有大钱。

关先生的大钱是人家赏的。过年的时候，来讨对子的人空手成，扔俩大钱也成。攒了几年，到寒食节那天，关先生掂了掂，又跺跺脚，领孩子们出发了，徒步去八十里外的北陵。

孩子们进了正红门就玩疯了，满眼新鲜物件儿。一个孩子指着琉璃瓦房脊上一顺水的五个蹲兽问关先生是啥。

关先生说："狻猊、斗牛、獬豸、凤、獏貐。"孩子没来得及问干啥用的，就被别的东西勾走了。又有孩子问蹲兽，几次三番之后，关先生看着孩子们绿豆蝇般瞎跑，就是停不下来，终于大发雷霆：

"那五个东西是走投无路、赶尽杀绝、跟腚帮捣、顺风扯旗、坐山观火！"

孩子们吓了一跳，肃静下来，关先生愤愤然："混账东西，我刚才说的都听清楚了？它们都是败家的玩意儿，鸟用没有。妈了个巴子，我领你们来不是看这些败家玩意儿的，是拜谒祖宗的。这里埋着谁？我们满洲人的祖宗皇太极！"

孩子们围上来，安安静静坐在关先生身旁，关先生就在一棵松树下讲起努尔哈赤，讲起皇太极、康熙。初春的太阳爽朗地照在关先生和孩子们的身上，有微风从松林中透迤而过，关先生顿了顿，看看个个面貌肃穆的孩子，他们的天灵盖闪闪发光。关先生舒坦了，想：乱世用不着中庸的斯文，乱世只要英雄的气血。

关先生疲惫地闭上嘴，感到丹田之气慢慢地、汩汩地从头上、指尖、汗毛孔溢出，七十三岁的关先生没有慌张，觉得值。

清明的深夜，私塾灯火通明，孩子的家长都聚集在这里。关先生是孩子们搀扶着进来的。气喘吁吁的关先生坐在太师椅上感到了异样，他扭过头去，看到墙上挂着两面旗，一面日本膏药旗，一面伪满洲国五色旗。有人告诉他明天私塾就改名叫国民义塾了，孩子们必须学日语。关先生挣扎着站起，把旗一个一个扯下来，扔在地上：

"狗屎！"他蹒跚着一步一步往自己的屋里走，突然一仰头，发出一种划破夜空的悲鸣："祖宗啊，祖宗！"所有的人惊在那儿，一动不能动。

太阳照常升起。孩子们来上学，没有听到关先生的吟诵。关先生还躺在被窝里。鞋拔子把手放在关先生的鼻子下面，关先生气息皆无，再一摸，冰凉。

这是伪满洲国"康德五年"，清明的第二天。

公历 1938 年 4 月 6 日的早上。

注：

走投无路、赶尽杀绝、跟腔帮捣、顺风扯旗、坐山观火五个词汇是东北民间对古建筑上五个蹲兽的戏称。蹲兽的学名写也麻烦认也难念还拗口，便有了这种类似无厘头的称谓。但是这五种民间称呼所蕴含的情绪和态度正好和我描绘的沦亡背景相契合。

满族姑娘荣九

荣九跟着阿玛遛完鹰回屯子，阿玛骑蒙古马走在前面，荣九的雪花青随后。荣九左臂高擎海东青，挺直的腰背上斜挎一杆猎枪，眉宇间透着傲人的英气。一种山野林间才有的风致，一下子让山本少佐看进眼睛里拔不出来了。

村长常大嘘呼来找荣九的阿玛："让荣九去村公所'勤劳奉仕'去吧。不累，就是给山本少佐洗个衣服做个饭啥的。"

荣九的阿玛一听暴跳如雷："他妈你寻思啥呢，要奉找你老婆奉去，滚犊子！"

常大嘘呼闹了个大红脸。知道爷们豪横，惹不起，一边往外走，一边说："爷们跟我也犯不着这样，不是我的意思，山本少佐让我来的，你有本事自己个儿找他去。"

"那是你的日本祖宗，你拜去吧！"荣九的阿玛还不解气，"呸！"一口吐在常大嘘呼的后脚跟上，"没骨气的东西，就一个小日本儿，把你们百十号人折腾得团团转。"

封山并屯之后，村公所住进一个日本少佐，掌控着警察三十人，自卫团六七十号人。平时他们充当宪兵，在管辖的几个屯子里，四处寻衅，随便一说你通匪，轻则一顿暴打，再勒点小财；重则就地带走，是死是活就没法说了。日本部队上山围剿抗联的时候，这帮狗腿子又被编入队伍，在前面带路挡枪子。晚上宿营，睡到半夜就被日本人逼迫着和他们住的帐篷对调。可是抗联从来也没有打错过，不管是前半夜还是后半夜，抗联打得那叫一个准，专门打日本人。日本人现在还蒙着呢，其实，秘密全在荣九身上，荣九的阿玛把情报弄准，荣九进山报信儿。

荣九十六岁，是个长腿长胳膊的姑娘。在森林里身手敏捷，活像一只梅花鹿。抗联的大哥哥大姐姐都喜欢她，说她一笑起来眉梢和眼角都挑得高高的，俏皮；不笑的时候，眼睛静静地卧在眉峰下面，有一点寒气。有几个小伙子脸上明摆着喜欢她。可是，荣九的眼睛里只有大胡子营长的盒子枪。摆弄起来没够，每次被收回去时，荣九粉白的小脸儿上总现出可怜巴巴的样子。一次，大胡子营长成心逗乐子：

"荣九不是稀罕盒子枪吗，这么着吧，黑子他们谁给你缴获一支，你就嫁给谁得了。"大家就笑，荣九不吱声，只是狠狠地瞪了一眼。大胡子看着有趣，仗着自己的年岁和荣九的阿玛不相上下，伸手要掐荣九的脸蛋子。这时候，荣九的眼睛放出寒气来了，大胡子营长还真就没好意思下手。

一天荣九下山，忽然黑子从一棵大树后面闪了出来，把荣九逼着靠在大树上，才从怀里掏出一个红绸包，打开，一支擦得锃亮的盒子枪！黑子看见荣九的眼角眉梢挑了起来，就把另一只手放到荣九的肩上，荣九用力一抖，摆脱了，同时猛地夺过盒子枪，一低头从黑子的腋下跑了。雪花青警觉地昂起头"咴咴"叫，黑子朝着荣九的背影喊：

"一匹好马！"

"不用你说，我知道。"荣九不买账。

"说你呢！"

"你是大傻狍子！"荣九也不知道为啥说这么一句。黑子哈哈大笑起来。

荣九还不懂，只知道自己是阿玛的心头肉，阿玛是她的主心骨。阿玛没有告诉她常大嘘呼的缺德事，但他要荣九记住：事儿不好就上山，别回来了。

出事的时候荣九不在家，她和吴家几个姑娘抓嘎拉哈，又说又笑热闹得像一台戏，外面乱糟糟的，谁也没察觉。吴三婶慌慌张张地进来，一把将荣九按在炕上，挡在身后。荣九这才听见窗外杂乱的脚步声和大声的吆喝。荣九激灵一下：阿玛出事了！她一骨碌爬起来：

"我去救阿玛，我决不能让他们把阿玛带走！"荣九就没见过抓走的人有谁活着回来。

荣九飞快地往家跑，蒙古马和雪花青焦躁的嘶鸣刺透寒冷的黄昏召唤着她。"我来了。"荣九在心中回应着。她扑向干草垛，取出盒子枪。这时候，两匹马竖起前蹄急切地踢踏着，荣九解开缰绳，跳上雪花青，蒙古马立刻靠上来，它们并在一起，铁蹄翻飞，向外冲去。

"阿玛！"荣九高叫着冲进人群，飞扬的雪泥搅起一阵烟雾。子弹炸裂，叫骂，人影纠结奔突，乱成一团。警察和自卫团定下神的时候，荣九和阿玛已经消失在茫茫的森林中，只有那只海东青断后，它打着呼哨，盘旋着，一遍遍俯冲。

第二年春天，猫了一冬的货郎都出来了，挑着担子走村串屯，不多日子就来一个。他们总是有老多故事逗引大人孩子围着他转。

都在说一个神奇的事儿："有个女抗联，厉害，小鬼子都怕她，骑一匹雪花青，专门穿小日本儿的糖葫芦。"小孩子就问："小日本儿的糖葫芦是啥样的？"货郎哈哈大笑："这样的，"举手摆出瞄准的架势，口中"砰"的一声，说，"一枪出去，撂倒一串。"小孩子又问："难道小鬼子傻等着她穿吗？"货郎大喝一声："问得好！有一只神鹰帮助女抗联，'嗖——'它专啄小鬼子的眼睛，小鬼子麻爪了，枪炮就全不好使啰。"

深秋的秘密

1931年深秋，吉林陶赖昭。这是中东铁路非常重要的一站。

日本驻军的一辆吉普车坏掉了，军需处的技师们无论如何也修不好。不知道这辆车有什么来头，为什么这么重要。少将佐佐木对他的八个手下每个人都赏了两个清脆的耳光，并且用军刀手刃了中国八仙桌。之后，把早已躲得无影无踪的翻译官叫到面前，面无表情，问：

"陶赖昭这个地方有没有懂得修车的？"

翻译官转身出来，一双阴鸷的眼睛死死盯在他的后背上。

翻译官再回来时，后面跟着一个叫杨显和的人，他是陶赖昭财主杨八爷的老儿子。杨显和兄弟俩共同拥有两辆福特。因为这个，九一八之前，是方圆百里有名的"败家子"。

杨显和修车时，翻译官站在旁边，起初两人没有说话，心里都在回味两人刚见面那一刻，双方一下子愣了那么一刻，有似曾相识的感觉，可是彼此笃定并无过往。两人挪开投在对方脸上的目光之后，心里已然明白，心照不宣。

等那个监督的猪头小日本去厕所时，翻译官轻声而简洁地说："它的主人是个大人物。"

杨显和回应道："听口音你是旅顺口人？"

翻译官没有吱声，但使劲点了点头。

杨显和问："那一年……你在哪儿？"他沉吟着说的"那一年"是日本屠杀旅顺口的甲午年，也就是 1894 年。

翻译官即刻意会，说："在我母亲腹中。那时候，我母亲幸好从旅顺口的婆家回乡下娘家小住。"

杨显和重重地"哦"了一声，手上也因此用了力气。

"他们什么时候开拔？"似乎是个不经意的问题，杨显和突然问道。

"一个月后。"翻译官压低了的音量只在两人之间轻飘。

"好了。"杨显和把油渍麻花的手套摘下来扔在地上，想了想，道，"修好了，但是用久了可能会有一点异味，假如你坐在车上的话——"他没有把话说完，而是仔细地观察翻译官的反应。

翻译官用一种莫名其妙的语气，急急回道："你当然知道，我这条命也是侥幸捡的。"

一个月后，日本部队在南下的途中，少将佐佐木所乘吉普车刹车突然失灵而冲出桥面，坠入辽河。

这个消息转年开春，是由一个在陶赖昭做生意的山西商人从外面带回来的。杨显和的妹夫问商人："那个翻译官是死是活？他和少将寸步不离的吧？"商人茫然地摇了头。杨家女婿有些动情地说："那个翻译官和别人不一样，那次我二大舅哥给他们修车，头晌去的，过了正午了还未回，我岳父怕得要命，打发我去看看。我在大门口绕哄半天不敢进，把门的发现了就挺出大枪把我顶在大墙上，这时候翻译官出来了，说：'哦，家里一定是担心了，你回去吧，没有事情，长官留杨师傅吃饭了，吃了饭即刻让他回家。'"杨家女婿说完这些话还是盯着商人看，仿佛他听了他的话一定能说出点什么新的秘密似的。结果，商人还是茫然地摇了头。

回到杨家，妹夫把这个消息告诉了杨显和。那天晚上是个月圆之夜，半夜里，杨家大院一地清辉。杨显和双手捧了一盅白酒，举过头顶朝月亮拜了拜，然后恭恭敬敬地洒在地上。

噩梦 · 与江东六十四屯相关的四个日子

一

一九〇〇年。四月十八逛庙会，十六岁的海兰和自家嫂子、同屯子的几个女人结伴走在人群里，海兰的屁股被人掐了一把，她一扭上身，飞起右腿向后踹了一脚，脚没有碰到实物，踹空了，小腿还被人捞住不能动。海兰嫂子一下慌了，嚷嚷："你放下，你放下。"她让搂着海兰腿的小伙子放手，小伙子轻轻放下怀中的腿。事主双方像斗鸡一样四目相对。嫂子又问海兰："咋了？咋还打起来了呢？他咋的你了？"海兰和小伙子还对着眼呢，跟自己嫂子说话都没舍得收回：

"没事儿，他离我太近。"

"离你太近你就踹人家呀？"嫂子把她拉走时还在骂她，"就你这样的脾气，知根知底人家都不敢要你。"

"我还不乐意嫁呐！"海兰回嘴道。她甩了一下长辫子，长辫子像鞭子一样飞起来，打到小伙子的身上，深长的眼睛从眼角飘到眼梢儿，来来回回地扫着小伙子。

海兰被嫂子扯着走进熙熙攘攘的闹市，她知道那人一直不远不近地尾随着她。嫂子如果紧走几步，拉开了他们之间的距离，海兰就一定找个由头停留在某一个铺子上，挑挑拣拣没完没了，直到那个人跟上。

夕阳满天的时候，姑嫂两人决定回家，纷纷跳上自己的马，嫂子扶正货物，瞪着海兰说："傻丫头长大了，心里长草了是不？瞧你鬼里鬼气的样子，不知羞。"嫂子说完大笑，海兰也大笑，又扬鞭狠抽了嫂子的马的屁股。

姑嫂俩一路"嘚嘚"前行，离哈达屯两里地，远远地看到石砬子下面站着一匹马。夕照中逆光剪影。坐骑和人都不甚明了，却有一种无法表述的挺拔英俊之气。海兰看呆了，嫂子斜了斜眼睛，假装生气，给自己的马加了一鞭，风一样掠过去，留下来的海兰突然红了脸，她勒住缰绳，踟蹰不前。剪影动起来了，长鬃飘飘，四蹄翻飞，马头高昂，像一匹神马向海兰的梦境飞奔。

两匹马相向而立，慢慢重合在一起。坐骑上的两个人在说话，悄悄说话。谈话的内容是什么呢？谁也不知道。晚风柔软下来，倾听少男少女美妙的心跳。

二

一九〇〇年七月十七日。凌晨，海兰惊醒。俄国军队突然出现在哈达屯，"十响毛瑟"、哥萨克马刀到处轰鸣翻飞。海兰浑身上下被江水浸湿，才知道发生了什么。哈达屯老少几百口都被俄国人逼进黑龙江，前面的人下饺子一样掉入江中，后面的想回头，被俄国人高粱一样一茬茬砍倒。海兰被踏入江底，憋闷不过，奋勇潜行，找到一线空隙浮出水面喘气。她终于爬上了南岸，回头一看，江里浮起一层死尸，翻滚着红色的血水向东流淌。海兰的脑子轰的一声爆炸，她重重摔在地上，什么也不知道了。

三

一九〇四年七月，盛夏。松嫩平原北部，平顶山下一个叫西北河的屯子来了一个单身汉，这个人有一身傻力气，人们都叫他牦子。他只打短工，工钱全部用来喝酒，一个子儿也不留。他皮肤松弛粗糙，看不出年纪。喝醉了就叽里咕噜地说谁也听不懂的话，有一次一个老满洲人无意听了他的胡言乱语。老满洲说，他说他要回去，回哈达屯找妈妈去，回白旗屯找他去。老满洲摇摇头，不知道他说的哈达屯、白旗屯在哪里，也不知道他说的他是谁。

四

解放之后，牦子完全丧失了劳动能力，成了屯子里的五保户。一九六〇年大饥荒，屯子里来了几个逃荒的山东人，因为能吃基本饱，他们总是又兴奋又活跃，到处寻找新鲜事。午后大太阳，几个老头在树荫下乘凉，牦子拎个小马扎加入进来。他们都赤裸脊背，只穿一条黑色缅裆裤。一个山东人指着牦子，惊呼出他的发现：

"哈，看这老头，他有奶子。"

的确，老人有两个空袋子似的乳房，长长地垂下来，几乎垂到了他多皱羸弱的腰际。

满天星三题

爷　仨

满天星这个地方土好，黝黑，油汪汪的，种啥都不白种。撒下种子，一场雨过后，齐刷刷长出来了。有人开玩笑，说，把手插地里，兴许又长出一只来。可是水不好，看着清亮亮的，喝着也没觉得苦涩，小孩子生出来，长着长着就坏菜了，个子长不大，骨头节却大了，可大了。不说别的，单说手上的关节，一个个山核桃似的。也不疼也不痒的，没啥事呗，才不呢。有一次吴大秃子给人拉架，从后面上去就把人抱住了，结果他的一双手在人家肚子上一交叉，就纠结在一起了。手指大骨头节突出嘛，两两相环相扣，紧紧锁住，解不开了。他抱住的那个人，像木桶一样被箍住，挣脱不开，被对方趁机好顿揍。气得人家说吴大秃子拉偏架，挣脱出来之后反倒把他痛打了一顿。

满天星人差不多都这样（也有不多的几个人不这样，都喝一样的水，不知道为啥），小趴趴个儿，大骨头节。因为关节变形迟钝，不好使，走路左右摇摆，青壮年时这样子，上点岁数就跟跟跄跄的了。一双手从小到大抡挈着，并不拢，攥不紧。

吴大秃子除了大骨头节，还大秃瓢，大舌头，这可真够受的了，可是人家娶的媳妇不寒碜。孙大姑娘不是满天星人，不长大骨头节，高挑个儿，大眼睛，瓜子脸粉白粉白的，一条乌黑粗辫子到腰，人们说仙女儿能咋的呀？也就这样吧。他们的媒人也不是一般炮儿，独立连连长张化远。人们猜，孙家相中的不是吴大秃子，而是吴家这户人家。

吴大秃子的父亲是郎中，也没长大骨头节，中等身材，身板挺拔，干净利索。眉宇间有一种气象，仿佛天塌下来也不急不躁总会有办法的样子，就是这么一个人。吴郎中医术好，瞧病瞧得没得说。人们找他也不仅仅是瞧病，有了麻烦或者遇到弄不明白的事情，都恭恭敬敬地来找他拿主意，得了主意大多能顺顺溜溜办妥事情。吴郎中在乡间是很有些威望的。

吴大秃子是个种地的，可是他这一辈子也没侍弄好——他整不明白他那一亩三分地。这真是毫无办法的事情。别人笑话他，他毫不在乎，大嘴一咧说些不着调的话，挺皮的。可是为着点什么事，他爹不悦了，低低地横他一眼，只一眼，他立马就不想活了。这是他的一个死结。他可从来没有透露过口风，他憋着这个，死死的，谁也不知道。

他还有一个死结，更要命。他总是担心媳妇跟别人好了。说时时刻刻担心一点都不为过。这就把他整惨了。他根本消停不下来，怎么琢磨怎么都不是滋味。媳妇照下镜子，他一哆嗦，这是要和野汉子相会去呀。路人走过他家门前，他心说这人心里有鬼，奔着我媳妇来的——他死活看不见自己的鬼。媳妇请示公公一件家务事，他贼眉鼠眼地偷听，觉得来言去语的都不太对劲儿，生生听出点别的音儿了。弄得他一天天心焦魔乱，哪有心思干活呢？实在苦得没招了，憋不住了，有一天夜里他在媳妇的耳根上说："你跟谁都行，就不能跟爹，跟爹有罪。"媳妇本来后背对着他，听了也头都没回一下，说："能不能说点人话。"

孙大姑娘结婚三年才开怀，生了一个儿子，然后就再也没有生养。这个儿子的名字叫吴小鸽子，当然是绰号，可是怎么来的，不知道。吴小鸽子长到六七岁，四处撒野淘气，别人问他叫什么，他说吴小鸽"几"，这不跟他爹一样嘛，大舌头！长到十几岁，都会逛窑子了，也长了大骨头节，走路摇摇摆摆，耸着肩膀，两只短胳膊架着，像是提着大锤似的。去东兴镇逛窑子，跟窑姐儿吹嘘一通，然后大拇哥向肩膀点点，说："你们去满天星打听打听，谁不知道我吴小鸽儿！"他说这话时在二楼回廊，刚巧张化远一脚迈进一楼大厅，在楼下听得真真儿的，心想，妈都没了，你他妈还在这扯淡呢。

孙大姑娘死了，病死的。吴大秃子哭得不行，鼻涕眼泪都分不清了。他伤心欲绝。这个样子在屯子里的男人们中就没见过，男人们都不兴这么着。吴大秃子不管，就是哭，他真是稀罕她。他哭得个昏天黑地。可能哭到头儿了，哭透亮了，心也就不疼不堵得慌了，通了嘛！那个要死要活的劲儿消失了，慢慢觉出一种舒适来。他吃了自己一惊，琢磨了一番，心里对自己说，也行吧，这回倒是心安了，再也不用遭那些罪了。

住地窖子的人

满天星屯外就是一大片庄稼地，顺着山谷望去，没有尽头。两边的山错综复杂，看起来不远，望山跑死马，你走去吧，小半天的事儿。有的近，就在眼皮子底下，仿佛一抬头就撞鼻子了。

这片肥沃的土地大多数属于张化远。老早以前，张化远的先辈以每亩地一块钱的价格买到手，风里雨里开垦出来的。

张化远专门雇了人看青。并不是看人的，不大有人偷庄稼。来往行人掰几穗苞米，拢一把火烤着吃了也没啥，可以的。主要是看动物，鸟啊，野兽啊，它们糟蹋庄稼。单说野猪，一来一群，践踏一遍就是一场灾难，损失可不是零星的，挺要命。

张化远雇的两个看青人是一对夫妻，外来的。当时他们都已人到中年，光板两人，不见子女孙辈。两个人齐整干净，头是头脸是脸的，那个年龄了，还这么周正，一看就能猜到年少时必是一对妙人。看起来这两人没什么家底，一人背一个包袱，只不过男人的包袱大，大很多。除此之外再无别物了。

他们给张化远看青，看得挺好的。以前，张化远去他的地查看，回来一路都吵吵嚷嚷、骂骂咧咧的。不是乌鸦啄坏了苞米棒子，就是雀子们偷瘪了谷子，要么就是黑瞎子祸害了一大片，野猪把一亩黄豆全拱了。

"完犊子了，操他祖宗！"他骂着骂着把看青人也捎上了。

自从那一对夫妻来，张化远就消停了。夫妻二人住在屯外的地窖子里，地窖子半截地上半截地下。有人站着说话不腰疼，说它冬暖夏凉，那就来试试吧，其实暖也不暖，凉也不凉。窝棚呗，还能咋的？

夫妻二人平时不大进屯子，需要什么东西了，一般由男人进屯，杂货铺买好东西并不急着走，也不掺和闲人们扯闲篇儿，他坐在窗子边上，干拉二两小烧，一边有一搭没一搭地看着街景。

赶巧有死乞白赖爱说话的，问他："你咋整的？"

男人转过头，平静地看着跟他说话的人，没吱声，可能他不想接茬。

还问："你是咋降住那些个王八蛋畜生的？"

男人回道："火。"然后恢复原来的样子，继续干拉他的酒，看街景。喝完，走人。

一年秋天，豆腐坊老李老婆带着老丫上山采蘑菇，经过地窖子，老太太——说话间二十年就过去了，这对夫妻老了，干瘦枯槁，像要不行了似的——出来碰见了，两人唠了几句，可能唠得挺好，老太太请老李老婆和老丫坐坐，她们就坐在地窖子前面一块空地上的木条凳上了，接着唠嗑。

老李老婆说："你的儿女们呢？"

老太太说："我们没有。"

老李老婆"哦"了一声，有点不好意思，冒失了。

老太太倒也不在乎，说："我也生养过，还好几个呢。"

老李老婆明白这是没活下来，她点点头，说："有这样的，你瞧我，也只剩下这一个老丫头。"她拍了拍老丫的肩头。

老太太说："生下来倒都是活的，老头子给整死了。"

老李老婆就吃了一惊。

老太太说："这里有个缘故。"老太太稍一沉吟，倒不见得不想说，她在琢磨怎么说。老太太看了一眼庄稼地，立秋之后苞米棵子立马就变了，那么大一片苞米地，之前还是翠绿的，嫩嫩的样子呢，忽然有一天早上起来，就见一片苍绿，沉沉的，让人觉着冷，觉着那个落败的秋天，不管你乐意还是不乐意，它马上就到了。老太太收回目光，说："我是跟着老头子私奔的。"

老李老婆又吃了一惊，看着她。

老太太说："我十八岁嫁了一家。后来我跟老头子私奔了之后，我那夫家就在后面追我们。那个人是个啥人呢？有仇必报，那么个人。我们走到哪儿，他就追到哪儿，追了我们半辈子。没招了，我们才躲山沟子里的。"

老李老婆不自觉地张开了嘴。

老太太说："我和老头子想好了，我们也不藏着掖着了，他要是没死，我们就在这儿等他了。"

张化远

张化远是独立连连长。这独立连是个什么东西呢？不好说。说它是官家的吧，它却抢民。说它是民间的呢，它又奉命打胡子。亦官亦民，两边通吃。一句话，不是什么正经东西。

张化远明晃晃抢民的时候少。他是个讲究人，明枪明刀打劫一户人家，毕竟出师不正。不过，如果他真下手了，那这户人家一定有把柄落在他手中，大多有人命在身，又不听他劝把后事办妥，弄得沸反盈天的。张化远把这种人叫恶人。或者有其他恶行，又死不肯低头服软的。他就带着人马一窝端了。他下手又黑又狠，不留活口，灭门。夺了钱财，用来养活他的人马，百十来号人呢，人吃马喂，一笔大开销，不是吗？

说了，这种事极少，好不好使的毕竟王法还摆在那儿。

他的人马年年打胡子，打得适可而止，有点又打又养的意思。但谁也不明说。这里另有一个缘故。

张化远这个人，老实本分的老百姓并不讨厌他，挺欢迎他的。人们认为这一带地老天荒，没这么个人罩着，大家都活不成。

九一八第二年秋天，吉林陶赖昭有一家三口人走到满天星了，姓李，两口子带着一个八岁的丫头。老李怀揣一封朋友的信，他带着老婆孩子打算投奔朋友的。整整走了七七四十九天！怎么走都走不到地方，他把信封拿出来给张化远看，张化远说：

"你走岔了，岔远了去了。红帽河离这儿没有十万八千里，也差不离啦。"

老李一听，心里上火，但啥也没说，闷头抽烟。抽完一袋烟，老李磕磕烟灰，领着老婆孩子要走人。张化远看着这汉子挺刚，心上熨帖，于是说：

"你会做豆腐不？"

老李说："会。"

张化远说："那我看你就留下吧，别走了，那地方也不比这儿强。"

老李说："行。"

张化远说："做豆腐的二罗锅前儿个死了，老跑腿子啥人没有，他这一死，一连串三个屯子吃不上豆腐。"

老李又说了一句"行"。

张化远说："啥啥都是现成的，你就干吧。"然后打发人带老李一家去豆腐坊。这事儿就妥妥的了。

张化远虽然管事儿挺多，出入呼呼啦啦，好像阵仗挺大似的，其实他自己没啥钱。

有一年，张化远带夫人去东兴镇参加营长的宴席。营长的小老婆生了儿子，摆百岁宴。营长的老妈知道张化远家有个一周岁的小婴儿，就请张化远的老婆到内室，低声抱怨说：

"谁想到娶进门个废物呢。"

张化远老婆问："咋了？"

老太太鼓着腮帮子说："自己吃得个又白又胖，把我孙子饿得嗷嗷叫唤。"

张化远老婆说："没奶水呀！"

老太太让她等一下，回屋出来抱着孩子说："快给我们喂两口。"

张化远老婆就难住了。喂奶得解开衣襟，可是她没法打开怀。她倒是穿着一件大缎子的大衫，看起来还是蛮好的，像个连长夫人的样子。可是大布衫罩在棉袍外面，这棉袍却破烂不堪，大襟上好几个破洞，都露棉花了，没法示人。急得她差点没哭了，想了半天才憋出一句：

"真是不巧啊，孩子断奶了，奶水早回去了。"

这件事虽圆过去了，给她打击不小，回家之后叨叨好几天，抱怨张化远有钱都使在别人身上了——她指养人马和救济穷人急用。"自己活得像他妈个三孙子！"她爆了粗口，还问张化远，

"你傻不傻呀？"

张化远笑笑说："老娘们家家知道个啥。"

老婆说："我啥也不知道，只知道，你就这么干吧，没人说你好。"

张化远说："我看你这话说早了，留到一百年之后才算数。"

说这话不久，张化远就带着队伍上了山，正经八百地跟日本人翻脸了。

后悔药

陶赖昭张家是个大家族，设有家塾，家族里的适龄孩子无论穷富都去念书。家塾的先生也是本家，是故事主人翁张国清的三叔爷爷。这个家族的男人大多长着一个鹰钩鼻子，大长脸，高个子，脾气暴，说话糙——的确，这真不是个好性子。可是若没有这个基因，故事也就没趣了。

张国清十三岁，每天早上吃过饭就得去上学。这孩子大多数时间都像霜打的秧苗，没精打采的，坐在座位上也不安生，摔摔打打，唉声叹气。这一天正是阴历六月的一天，大雨如注，松花江已经满槽，江边一溜水泡子被江水灌满了，连成一片，一眼望去莽莽苍苍，一个是好看，一个是好玩，是野孩子玩乐的地方。张国清想着扑腾水、摸鱼的好日子偏偏被圈在屋里，心不甘气不顺的。三叔爷爷岁数有点大了，阴雨天里胳膊腿轴得慌，又僵又痛不舒服，心上就不痛快，看谁都不顺眼，下面一片葫芦头让他气不打一处来。张家这几年家塾越来越衰微，却兴起了新学。家族里的孩子爱去吉林、哈尔滨、长春念新学堂，还有去天津、北京念大学的，更甚者日本留洋学去了，剩下的都些家境不好或者长着一颗榆木疙瘩脑袋不成器的玩意儿。家塾突然降格成"猪圈"，圈着这些子弟，主要是为了避免他们在未成年之前生出是非，顺便认几个庄稼字，将来会打个算盘记个账就行了。三叔爷爷从年轻起就当家塾先生，风光过几十年的，如今晚景透出凄凉来了，能不伤心生气吗？

爷孙俩各揣心事，就有点故意找碴儿的意思了。三叔爷爷这些日子一直教孩子们念《劝学》，他用黝黑锃亮的戒尺敲了几下桌子，点了张国清的名，叫他背诵一遍。张国清把自己往后仰靠过去，身子提高些，两只胳膊肘抵在后面桌子上，从前面看他的身体就是个大敞四开的放肆模样。他就是这个样子看着三叔爷爷的一张"马脸"回复道：

我不会。

三叔爷爷也是咯嘣脆，立马接住，说：不会你还有理了？X你奶奶！

学堂里"轰"地发出笑声，张国清跳起来，哆哆嗦嗦地指着三叔爷爷：好，好，你这个死老头子。

他一甩剂子走了。

回了家，张国清宣布不去学堂了，从此不登学堂的门槛子了。他哭得呼哧呼哧的，说：他骂了我奶奶，这学我没法上了。

张国清的奶奶不是善茬儿，在家说了算，平日里指使儿子和儿媳妇从来没手软过，连老头子都要让她三分。她不用问就知道那句骂人的话是啥，但她并不在意，心想一个老爷们，能叱出什么好话来？不算事儿。好歹不差辈儿，要是骂了张国清的妈，还能赖乎着算是轻薄了。她又想，国清这孩子粗枝大叶，不是念书的料，就是个赶大车的命。一帮孙子呢，也不差他一个，不念就不念吧，别憋屈出毛病来就不值了。

奶奶说：你得想好了，这可是你自己不愿意念的，不带后悔的。

张国清说：嗯呢，我不后悔。

奶奶说：你这么大点儿就不念书了，家里也不能白白养活你，你得干点啥。你能干点啥呢？

我赶大车！张国清笑了，赶紧说。

几年之后，陶赖昭人人都知道赶大车的张国清，那一根大鞭子好着呐，"啪啪"甩得震天响。大家都喜欢和他打交道，他人敞亮，好说笑话，活计利索，雇他的车出去多远都放心。

张国清后来娶了媳妇，一连气得了三个儿子，一个比一个顽劣，到了上学的年龄都自动和学校结成仇怨，死活不乐意去。张国清就扬起大鞭子，像赶牲口那样，把他们往学校赶，弄得胡同里狼哇哇的哭叫声。张国清的母亲心疼孙子，爬上柴火垛往外看，叫着他的大号骂他：

张国清，你个混账王八蛋，你小时候不念书，谁打你了？

张国清大声回道：要是有人打我，我还好了呐！

歧　路

　　有句话说："老儿子，大孙子，老太太的命根子。"这话不虚呀，生活中最容易见的，就是老太太临了临了越过儿子把房子直接给了大孙子。古今一个理儿，老太太都好这样。这是看得见的物质部分，实际上老太太在孙子身上投入的感情，更见漫长与饱满。只不过，造化弄人，心愿有时候和结果背道而驰，旁观者震惊与唏嘘，也是常有的。

　　今天讲的这个老故事也发生在陶赖昭。说是有这么个老太太特别能干，当了一辈子家。据说年纪轻轻就当着一户三十多口人的内当家。后来家族繁衍得更大了，就得分家，老太太和丈夫带着三个儿子另立门户，日子过得好着呐。几年后，老太太交出了时刻带在身上的一串铜钥匙。岁数大了，让小辈子人操心去，她专门享清福。话是这么说的，老太太一辈子劳苦功高，含威自重，老伴儿又去世了，儿子媳妇更敬重了几分。老太太虽不再管事，说话却还是管用的，甚至说一不二。

　　老太太的大孙子十七岁，长得齐整漂亮，性格也好，总是高高兴兴的。大家在一起，不管之前是个什么气氛，他一来，几句话一说，大家都乐呵呵的了。老太太把他疼得全家上下无人不知无人不晓。

　　这一年开春受阻发生倒春寒，大孙子染了风寒。老太太让灶上给熬了一大瓮红糖姜汤，热腾腾香喷喷的，老太太亲自看着他喝，他一碗碗全喝了，还说：好喝！

奶奶说：消停地躺着吧，给你发汗。说着就指挥起大孙子的几位亲婶娘和叔伯婶娘、几位堂嫂。大孙子乖乖躺在被窝里，像平时睡觉那样把头露在外面。他已经感觉到丝丝热气附着在皮肤上了，挺舒服。奶奶命人把自己睡的大棉被取了来，连头带脚盖在大孙子身上。大孙子用手扒开，嫌闷，老太太说：你忍一会儿，出透汗身上就轻快了。再次盖上，命四位媳妇上了炕，压住被角。果不其然，大孙子"嗷"的一声就不干了，往外拱，说：不好受，憋得慌！有位堂嫂挺虎，哈哈大笑着说：不好受也得受，谁让你有病呢？给你被窝里塞进去个大姑娘你倒是好受了，可没有那么便宜的事！他们家兴嫂子和小叔子开玩笑，几个嫂子乐得更欢了。老太太不乐意了，呵斥道：你们正经点儿，别什么话都嘚嘚，我大孙子还是黄花郎呢！正说说笑笑呢，大孙子在被子里突然扑腾起来了，劲儿挺大，差点冲出来。老太太急命炕下的几个女人也上炕，增加力量。女人们有高招，上来就一屁股坐被子边儿上了，还把后背也抵了上去，压服里面的人。大孙子一边折腾，一边儿哀求：奶奶赶紧放我出来，我不行了。又说：我求求你们了，求求你们了，赶紧放开。她们又哈哈笑起来，说：这回你求着我们了？平时求你念个字、写封信，你拧扯儿地非让我们着急才行，今儿个让你也尝尝滋味。接着又是一阵更猛烈的折腾，可是他的空间实在太小了，折腾不动，他声嘶力竭地叫：我要憋死了，要憋死了！奶奶赶紧呸呸呸，说：不许瞎说，消停地给我睡觉。

大孙子好像听从了奶奶的话，渐渐不折腾了，终于也不吱声了。老太太长出口气说：好歹是消停了，这才是好孩子，睡一大觉，啥事都没有了。女人们也都下了地，抻抻胳膊，各干各的去了。老太太一直在旁边看着。大孙子睡得实呀！可是太实了吧？他再也没醒过来！

活蹦乱跳的小伙子就这么被活活捂死了！老太太有多难过，多伤心，简直没法说了，能说的是老太太的脾气，从一个极端走向另一个极端，再也不许家人发汗了。

在早，发汗治病是个常见的法子，效果本来非常好。可是老太太再也不许家人发汗治病了。怎么办呢？家人就偷偷发汗。老太太知道了，从此瞪起眼睛专门盯这件事，看到谁大白天躺被窝里不起来，她就过去一下子掀了人家的被子，让你发不成汗。

说起来无巧不成书，就像编的故事似的。有一年腊月，老太太的二孙子染上风寒，吃了郎中开的方剂，藏在他母亲的炕上发汗，已经发了一被筒子热汗，就一个小脸儿露在外面，脖子上的被子都捂得严严实实的。老太太发现了，冲上来不由分说，一把掀开。这下把孩子抖搂着了，再染风寒，病情一下子就加重了，高烧不退，连烧十天，一命呜呼！

老太太彻底崩溃了。她到底是刚强的，没疯，但一口牙全掉了，耳朵也聋了，瘫在炕上再也没起来。儿媳妇恨她，向她喊：这回行了，你就自己活着吧，全家人都死光，就让你一个人活着，那多好啊！那多好啊！

老太太听不见，但知道儿媳妇说的不是好话，她别转了头，闭上眼睛。

托　生

　　"人穷偏偏是非多"，老太太——她是当了奶奶之后才被人家尊称老太太的，老太太没料想，老了老了，肚子还能做成个胎，生出个孽障来。她厌恶地斜了一眼老头子，他躺在炕头上烙他的老寒腿，"哎呀哎呀"直叫唤，不知道是疼的还是舒服的。老太太躁得慌。她这辈子生了三个，都活了，还都是儿子——没算刚生出的这个，她压根儿就不想算上他。她生育不密。屯子里叫个女人哪个不生七个八个的，活没活另说了。而她统共就生三个——没算炕上这个赖猫一样的东西。屯子的女人生孩子都生烦了，眼气她孩子少，想知道她有什么招子。她瞅瞅她们，说，躲着点呗！老太太这次是掌了自己的嘴了，真是没脸见人。当了奶奶的人，还生出个小兔崽子，老太太躁得慌。她想，就这么一次没有躲开，没扛住老东西磨叽，她怪自己糊涂，以为当奶奶的人了，月事都不正经来了，哪能生孩子呢？

　　今儿是腊月二十三，小年。昨晚老太太刚生了孩子，今天只好在炕上，不能下地，扫尘都是大儿子的媳妇一个人干的。大媳妇这会儿还在锅台上忙乎呢，小年这天家家吃饺子，穷富都得吃。她喊了一声妈，脸就露在挑起的布帘子下面了。她趴在门框上问：

　　妈，我在炕上剁馅子行不？外屋地忒冷了。

老太太说：怎么不行，行啊！

大媳妇生的孩子，老太太的大孙子都一周岁了，光着脚丫在炕上连滚带爬地疯玩儿。老太太刚生的孩子也在炕上，光身子只包了个破被子。她连个尿片也没预备。

大媳妇先将菜墩子搬进屋放炕上，又把装酸菜的盆子端进来，再拿块大抹布贴炕席围在菜墩子周围，免得流下的酸菜水弄脏了炕席。然后，大媳妇就开始切菜，剁馅子了。

大媳妇刚刚二十岁，是个没心没肺的傻丫头。看着不怎么壮，胳膊挺有劲，干活泼辣麻利。她把酸菜先切成细丝，再横过来切碎，然后抡起铁菜刀剁细。家里不富裕，一年到头并不能吃几顿饺子，所以做一顿饺子，就一定管够造。大小嘴七八张呢，肉馅儿不算，光酸菜就得剁一大盆。大媳妇噼噼啪啪剁了一阵，感觉差点劲儿，就去外屋又拿来一把菜刀，两把菜刀，一手握一把，天空劈雷似的，叮叮咣咣抡将起来，把炕震得地动山摇。老公公受不了了，回头看一眼儿媳妇，大媳妇全神贯注在菜刀上，根本没发现老公公不高兴了，他只好爬起来出去了。小孩子挺高兴，合着菜刀的节奏又蹦又跳，疯得脸都红了。大媳妇使着力气剁酸菜，还大声呵斥儿子：

你消停点儿，听见没，别踩着小叔叔啊！

老太太说：你别管他，碰不着。

那新生儿好像很乖，一声不吭，闭着眼睛只管睡大觉。

这时候屋门一响，邻居女人来看老太太，手里拿着一包草纸包的红糖。一进屋看到这个状况，"嚎喽"一嗓子叫道：

大媳妇你干啥？

大媳妇吓一跳，停手说：咋了大娘？我剁馅子呢。

剁什么剁！你赶快给我搬出去。

大媳妇愣呵呵地看着她。她说：瞅我干吗？你舞马长枪地整这么大动静，月子里孩子能受了吗？你婆婆能受了吗？

大媳妇一吐舌头说：大娘你看你怎么不早说呢？我都剁了老半天了，马上就完了。

早说？我也得看得见呀。邻居女人让大媳妇气乐了。

大媳妇麻溜就把家什搬出去了。屋里，邻居女人剜了一眼老太太，说：大媳妇年轻不懂事，你还不懂事吗？这是要孩子命呢！

老太太沉默了一会儿说：我知道。她又看了看破被子里的小孩儿，说，他就不该来。

该不该来，这是命中注定。邻居女人劝慰道。

也不知道是怎么回事，孩子满月之后，个头没见长，肉也不见多，倒是脑袋越长越大，简直太大了，一个劲儿地往前长，像寿星老一样一个巨大的脑门和脑壳，把小脸儿都快挤没了。抱他起来时，能听见里面晃啷晃啷像水流动的声音。而且软塌塌的，不硬实，倒是不哭不闹，也不爱吃奶，老太太真是没有什么奶了。大媳妇怀着内疚，每天都用自己的奶水喂他几次。满月第二天他就死了。

那天大烟炮刮得烈性，把门窗撞得噗噗响。孩子还裹在破被子里，老头子把破被子包夹在腋下出门去了。老太太趴在窗台上看，其实她什么也看不到，窗户纸隔着呢。她知道老头子一袋烟的工夫就妥了，就能把他扔西山上去了。这死冷的天，滴水成冰，野狗和狼肚子正饿得瘪瘪的，要不了一两天，它们就会发现他。

老太太鼻子一酸，眼睛却没有流出什么来。她叹息了一声，自言自语：你呀，也好，早死早托生。不过呢，下一次托生，你可别再投错胎，你得选个好人家。

老太太就是说说罢了，她自己都不信，所以，她的眼泪到底流下来了。这下可坏了，停不住了，眼泪没完没了地流啊流，袖子擦不过来了。老太太趴在窗台上，呜咽起来啦。

命

老全婆子落户黄花屯是九一八以后的事。

老全婆子落户黄花屯的时候，燕子还未嫁到赵家。燕子过门三个月，园子里的黄瓜豆角茄子辣椒齐刷刷都长成了，老全婆子打开赵家的园子门，像进自己园子一样，撩起大布衫子，一把把地摘。赵少卿远远地看见了，就当没看见。燕子刚喂了鸡，拎着空笸箩进园子也要摘豆角，撞见老全婆子，她很生气：

"你瞧你，挖着软乎土了是吧？怎么'黑'上我们家了，差不多少的你换一家摘行不？"

老全婆子眼皮没抬，手也并不停下，嘴却撇起唱歌一样的长腔调："哎，你们赵家，房子是房子，地是地，花子要不穷，耗子盗不穷，我不摘你们的，摘谁的呢？"

就这样，燕子眼睁睁看着老全婆子摘完各色蔬菜，起身，迈开脚，铁塔一样的身子骨随着硕大的屁股扭动起来。燕子气没消，心说：老鸹子一张大酱块子脸够十个人看半个月的了，这么粗壮的身子骨，还有男人喜欢？真是怪事。

燕子说的男人，包括她的丈夫赵少卿。

燕子粉着脸嘟着嘴回到当院，左一眼右一眼地"剜"少卿，少卿忍不住笑了，他知道燕子生他的气。屯子里的人都知道老全婆子在牡丹江开了多少年的窑子，老不中用了才投奔少卿哥俩的。

年少的时候，少卿哥俩受到年轻的仝姑娘很多温柔的关照，他们有二十年的交情。四十多岁的老仝婆子"解甲归田"，虽是自己置办的房子地，但孤身一人总得有个依傍。

少卿三十六岁才定下心来娶了燕子，十八岁的娇嫩姑娘他喜欢是真喜欢，但还是拢不住他的身子。燕子虽然岁数小，却不傻，有时使气，少卿就好言哄她："不是心疼你吗？你还没长成呢，受不了我这大老爷们揉搓。"燕子就是有气也没办法，少卿的确疼她，从来没跟她发过脾气。她就把气使在老仝婆子的身上。新媳妇燕子不会耍泼，也不会骂人，她使莠招。老仝婆子不出门便罢，一出院门，赵家牛犊子般的狗儿黑子，就疯了一样扑上来，追得老仝婆子满街跑，再不敢出门，成了全屯子的笑柄。两个女人也从此如同水火。

少卿在外面豪横得很，好歹人轻易不敢惹他，但是他对燕子有无限的宠爱和耐心。老仝婆子扭着屁股来请燕子去她家吃饭，燕子即刻明白少卿在中间弄了鬼。黑子不在家，少卿领进城办事去了，老仝婆子便从容地使出老鸨子的本事来，巧舌如簧，话说得极其恰当熨帖，失去主心骨的燕子便梦游般跟着老仝婆子走了。

燕子坐在老仝婆子的八仙桌旁才清醒过来，先生自己的气，之后就冷冷地不说话，也不动筷子。老仝婆子自斟自饮，慢慢地说到正事儿上来："燕子，男人和女人也不只有那点事儿。重色不是友，是友就不起色，这样的话不知道你可听到过？你一点也不用多心，我和少卿爷们似的。"燕子根本不相信窑姐儿的话，她专心地听只是想找些破绽。

"砰砰砰"屯子里突然响起一阵枪声，有人喊："小日本子来了！"老仝婆子扔了酒盅，抓起燕子的袖子跳出后窗。园子里的草比蔬菜高壮，两人就势猫进去，可是随后有三个日本兵扑了上来。燕子吓傻了，老仝婆子站起来铁塔一样挡在燕子前面，把三条长枪紧紧抓在手里，大叫："燕子，快跑！"燕子这才来了股猛劲，麻利地翻过障子，转眼消失在一望无际的青纱帐里。

傍晚，燕子回屯，老仝婆子早被人平放在炕上，她直挺挺的，只有出气，没有进气。燕子一脸泪水，抓住老仝婆子的手，第一次叫她"仝姐姐"，燕子说：

"仝姐姐，仝姐姐，你救了我的命！"

老仝婆子睁开眼睛，声音断断续续："傻丫头……你懂什么……我这是救了少卿的命。"

燕子赶紧说："你等着，少卿马上就回来，他回来救你。"

老仝婆子笑了，清清楚楚地说了最后一句话："我哪有你这个傻丫头命好，少卿救不了我。从年轻到现在，我等了他一辈子。他到底救不了我。"

老仝婆子咽气时，眼角挂着一滴圆溜溜的泪珠，并不滑落。燕子知道那么挂着会很刺痒，就掏出自己的绢帕子给她擦去了。

燕子没嫌她脏。

小葫芦

　　小葫芦是二当家老黑虎的小跟班儿，尾巴似的时刻不离老黑虎左右，支使起来很顺手。老黑虎眼皮这样一撩，小葫芦赶紧递上大烟袋；老黑虎眼皮那样一撩，小葫芦马上递上一张叠得四四方方的草纸，老黑虎抓在手里一溜烟儿就奔茅厕去了。

　　老黑虎其实不好伺候，他是个翻脸不认人、杀人不眨眼的魔王。对他手下的兄弟都是张嘴就骂，举手就打，干起绑票撕票的勾当更是心狠手辣。可是，小葫芦的机灵和勤快很合他的心意，老黑虎居然没动过他一根手指头。还有一点就是老黑虎杀人的时候从不带着小葫芦。为什么？老黑虎只说过一次：小崽子眼睛太干净，有他看着，下不了手。

　　按照老黑虎的说法，小葫芦是天养活大的。一次，老黑虎独自一人偷偷下山去逛窑子，出来时，在街边一个胡同里看到拴马桩旁有个瘦筋嘎啦的小孩子，正给他的大青马喂青蒿。老黑虎抓抓脑袋，才想起的确一整天没管它了，他没敢把自己的马带到窑子里，所以没人照应它。老黑虎问小孩，你叫啥？小孩说不知道。老黑虎又问，你多大了？小孩说不知道。老黑虎问，你爹妈呢？小孩还说不知道。老黑虎嘿了一声，一问三不知啊！然后就一把抓起小孩，放在马背上，自己也跳上去，走了。因为看到小孩斜背着一个焦黄的葫芦，老黑虎就给他起名小葫芦。

后来老黑虎在牡丹江有个相好的叫大三丽，他每次去会她都带着小葫芦。小葫芦在大三丽家很有眼力见儿，烧火、劈柴、收拾院子很带架儿。大三丽的瘸腿妈妈也喜欢他。大三丽撇撇嘴问她妈，这小子有多大？老太太拎着小葫芦的细胳膊说，我看他那小骨棒儿顶多十岁。大三丽大笑起来，弄得自己花枝乱颤的，呸了一下说，你看他的小骨棒儿不算数，你得看他的小鸡子。吓得小葫芦捂着裤裆跑没影儿了。老太太鼓起腮帮子小声说，没正经，不嫌砢碜。老黑虎却乐得不行，抱起大三丽就进屋了。

老黑虎和大三丽当然不能大鸣大放地来往，暗地里有两年的光景，应了那句话，世上没有不透风的墙，他们自己不知道被官府盯上了。

这一次，老黑虎和大三丽关门关窗地进屋玩儿去了，小葫芦劈了柴，收拾了院子，就到马架子上坐着吹他的葫芦。就这个响声把大三丽的妹妹小贵子招来了。小丫头只有六七岁，七个眼儿的葫芦很让她觉得稀奇，就不眨眼地看着小葫芦。小葫芦本来舍不得给她，可是他乖巧惯了，有心不给，也没这个胆子，怕老黑虎知道了治他。就把葫芦送给了小贵子，并约好，明年他给她做个新的，换回这个破葫芦。

第二天天一亮，老黑虎和小葫芦刚一出门，天降神兵似的，被七八个大汉一下摁住。

二当家的身份让官府不敢怠慢，五花大绑之后马上推他们上路，奔北边的黄花甸子刑场执行枪决。这时天已大亮，人们风闻来看热闹儿，一个连的兵力在大胡子连长的带领下押着老黑虎和小葫芦。

小葫芦趔趄着跟在老黑虎的后面，不时回头看身后的兵和指着自己的大长枪。他哆嗦着，流了一脸的泪水，不时发出哀鸣：妈妈呀，妈妈……一声声叫得心软的女人撩起衣襟直擦眼睛。后面有个兵小声告诉小葫芦，好好走你的吧，不要害怕，你一个小孩，不会怎么样你的。路两旁的人看着小葫芦的可怜相，就是豆芽子那么个小孩儿，哪儿就成了祸害？胆大的人高声说，放了那孩子吧老总，还啥都不懂呢，打一顿算了。

官兵把二人踹跪在黄花甸子上，一直沉默不语老黑虎突然爆裂般地号叫：他妈别得意！二十年后又是一条汉子！大胡子连长大吼一声从后面提枪上来亲自行刑。"咣"一声枪响，只见小葫芦似乎被谁猛地推了一下，一头栽倒。"啊"，人群发出一片惊呼，随即鸦雀无声！谁也没有想到第一枪就先要了小葫芦的命。紧接着第二声枪响了，远处的杨树林飞起一片乌鸦，呱呱叫着黑云一样涌来，天就暗了。老黑虎纹丝未动，头上的洞喷出三四米高的血柱子，像个火力十足的大烟花，足有五分钟之久。血柱子没了，老黑虎才不情愿似的缓缓倒下。当时就有两个娘们吓昏过去了。

从此，这地方的人受到了惊吓，小孩子闹人，哄不好时，最后都会搬出老黑虎来吓唬：快溜地，别哭了，老黑虎来抓你啦！小孩子就马上钻妈妈胳肢窝。几代人过去了，后来的人都不知道老黑虎是谁了，可是，老黑虎一"来"，小孩子还是不敢哭闹了。

公元二〇一〇年夏天，牡丹江一处房屋动迁，一座百年老屋几易其主终于寿终正寝。在拆房子的时候从房檩上掉下来一个黑黢黢的东西，民工小张捡了起来，不知道是什么，擦巴擦巴发现是个葫芦，葫芦上还有几个圆孔。小张是个聪明人，看到圆孔就知道这是个能吹的物件儿，放到嘴上用力一吹，"噗"地一下，灰尘飞了小张一脸，小张就忙不迭地把葫芦扔一边去了。

接着大墙被推倒了，葫芦被砸得粉碎，好像那个葫芦从来没有来过这个世上似的，没有人知道它。

满
天
星

打　窑

　　财主张四爷在西街碰上许昌有的二小子二愣子。二愣子似乎心事重重，低着头，走到张四爷眼皮底下了，才冷丁下站住，倒把自己吓一跳。他慌忙拱手作揖，张四爷微笑着摆摆手，两人错肩让过，各自向前走了几步，张四爷一回头，恰好看见二愣子把头掉转过来。两个人四只眼睛"咣当"碰在一处，一道贼光横扫过来，逼得张四爷眯了眼，使劲顶了回去，二愣子麻溜低下头，转身走了。

　　黄昏的余晖中，张四爷脚步有些沉。

　　回到家里，张四爷不进上房，直接去炮台。炮手都在，张四爷查看了一遍，叮嘱道："仔细着些，别有什么闪失。"

　　"放心吧，我们吃四爷的，喝四爷的，自然为四爷卖命。"炮手回道。

　　半夜时分，人畜睡得踏实，突然，枪声大作。

　　家人隔窗报信："打窑的！"——胡子攻打院落抢劫。

　　张四爷气恨恨地说："妈个巴子，指不定谁打谁呢！"

　　张四爷匆忙穿起蓝士林大布衫，抓过一根布带子勒在腰间，踢左腿，同时上右手捞起一角衣大襟，掖进腰间布带子下面，一猫腰，小跑着去炮台了。

　　形势不妙。火药味在暗夜中奔窜，人影攒动，似乎黑压压一片。张四爷心头一紧，呼吸立马短了一寸。气息短了一寸不打紧，脊梁骨不能矮半寸，家业明晃晃地垒在院子里，不是轻易能挪动的，退让一次，便无法把握后面的日子，咬牙挺住吧。自从张四爷当家，他已经打退了两次胡子的群攻打劫。但这一次似乎情形不同。张四爷向掌心吐了口唾沫，夺过一个炮手的枪，大喊一声向墙外开火。随后，炮台上喷薄而出的火舌反复扯裂漆黑的夜，但还是被无边的黑色吞噬了。

院落正脸的两个炮台熄了火，后院两个炮台的炮手顶了上来，又被院外猛烈的火力摧毁了。胡子很生气，交火间隙中叫骂沸腾。通常情况下，要么一鼓作气打退胡子，让他们口服心服；要么尽早投降，主动打开大门，这种情况下，胡子大多只取钱财，无损人命和屋宇。最要不得的就是自我力量的判断失误，一味抵抗，一旦失败，将遭到胡子的疯狂报复，可谓烧杀抢掠，无恶不作。时间凝固不前，张四爷的人却越来越少，他在硝烟中沉思良久，悄悄从炮台上爬下来，向上屋疾走。

老夫人已经把家人聚拢在一起，每人身负一小包袱，内里是家中贵重之物。只等张四爷吩咐。

张四爷轻声问道："老三呢？"

"小门那儿候着。"老夫人回道。所谓小门，是张家暗道地窖之门。在后院的小仓房杂物下面，暗道直通院墙之外的小河沿儿。张家只有四人知道这个秘密：张四爷，老夫人，他们的儿子张殿学，张四爷收养的本家侄子、孤儿老三。

"叫他来。"张四爷对儿子说。

儿子闪身出去了，一会儿领着一个高壮的男人回来。张四爷向他招了手，老三把头凑了过来，张四爷在他耳边吩咐了几句。

老三抓起一根长杆扎枪大步跑了出去。

张四爷带着家人直奔暗道。院门处号子又齐又响，重物在撞击大门。张四爷跳进暗道的当口，猛听得到，庞然大物轰然倒塌砸地的沉闷声混合着放肆的欢呼，然后一声怪叫，如同狂风中领衔奔跑的呼哨，横贯夜空。

第二天，张家大院一片瓦砾灰烬。老三手握扎枪躺在院中，冰凉僵硬。

有人跑来告诉张四爷，屯子南头丁字路口有一具无头男尸。张四爷去看了。尸体身着黑色缅裆裤，粗布大襟儿黑夹袄，同色捏脸布鞋。这是乡间每个男人的日常行头。头被锐器割走，无法想象这是一颗怎样的头颅，谁的头颅。

"看样子是来不及拖走整具尸首了。"屯子里几个穿黑衣黑裤黑鞋的人在议论。

"嘿嘿，是啊，动静忒大了，把兵招来了。"

"平时找都找不到他们呢，这不送上门来了嘛。"

"这东西是怎么死的呢？"

"还不是老三一枪扎死的。"

"呵呵，老三厉害呀！"

"咦，怪不？尸首扔也就扔了吧，怎么单单把头割去了？"

张四爷身后的声音越来越小，越来越远。他心里默默说："为啥割去脑袋瓜子？妈了个巴子，熟脸儿呗。"

这时候张四爷恰好走到许昌有家门口，许家大门四敞大开，但是没有一点活气儿，静悄悄的。张四爷"呸"了一声，想，这事儿没算完，打今个儿开始，我就盯上你家了！

三岔口

三岔口，做小隐之势，藏于黑龙江一段无名山谷之中。三条在烈日下泛着白光的土路鸡爪样把这只有五六户人家的小屯子，小虫儿般踩在脚下。一条，向东北方向潜入无边的原始森林，终结在海参崴，是旱地闯崴子的必经之路；一条向西，穿插于连绵山谷之中，直抵内蒙古草原；最后一条路直通通奔向吉辽，再由那儿连上去关内的路。这条南去的路笔直得疑似急切，却不知道是南来之人急吼吼了呢，还是屯子里向外的奔扑之心不能控制，失去了耐心。

屯子里的人家都是外来户，人们对彼此的来路从不过问，突然来了，突然走了，就像日月更迭一样，无从追究。刘瘸子即是。刘瘸子和凤翔两口子开着一个杂货铺，也只不过是开门七样事儿，加上针头线脑儿，微利的买卖，并不以此支撑门户，另有依赖，就是刘瘸子收购山里人的皮货药材，转手卖给山外的人。

山高皇帝远的日子就是这样吧，树叶黄了又绿，绿了又黄，没人把日月细数，只见得秋风越加萧瑟，满眼菁黄，晚上的时光需拢上一个火盆了。

刘瘸子和凤翔围坐在火盆旁边，听着秋风从西边那条道上卷来，打着呼哨撞翻在东山上，劈成两股，斜奔向两条向南和东北去的路。两个人不说话，一味地专注于谛听，仿佛风声里有什么故事似的。

风，停歇了下来，似乎路上遇到了什么耽搁住了，久久地不再起。在漫长的回味当中，刘瘸子猛地打了一个激灵，凤翔在暗中看到刘瘸子虚空在火盆上的两只手微微抖了一下。屋门突然打开，一股冷风嗖地窜进来，刘瘸子和凤翔惊愕地扬起脸——

一个高大的黑影立在屋地当中，一动不动。刘瘸子和凤翔扬起的脸立刻点了穴似的僵住了。

黑影无声地开始移动，坐到火炕上去，朝向火盆，身子和脸在一片黑暗中缓缓地现了出来，眉眼仍然有些模糊，而络腮胡子却无数钢针般刺向四面八方的黑夜。

凤翔欠起身，盘着的腿绊住了她，她"咚"地又坐了回去，再重新起身，悄然跪爬过去点了一盏油灯放在小炕桌上。寸高的灯芯儿燃成吃碟大小的光晕，随着骤起骤歇的风声紧一阵松一阵地颤动。

屋子亮了一些，两个男人带着各自的影子小山一样无声无息，静止不动，凤翔探出身子把烟笸箩推向来人，桌上的灯芯儿像人突然跳祸的右眼皮，突兀地哆嗦了几下。大胡子取出烟袋锅子，探到烟笸箩里的手用了劲，干干的烟叶子发出牛反刍的声音。终于烟袋锅子满了，瓷实实地悬在火盆上空。凤翔爬开去拿取灯儿，刘瘸子出手阻止了她，他直接伸到火盆里去了，拇指、食指、中指合力在火盆中捏起一块红红的炭块，捏住，似乎并不急于出手，眼睛却定定地看住大胡子。大胡子稳稳地擎着尺把长的烟袋，头稍稍地倾了一倾，嘴就嘬住了烟袋嘴儿，刘瘸子捏着炭块凑近烟袋锅儿，两个人的目光如两具锋利的刀刃相抵，谁也不肯退让。外面的风又狂躁起来，屋子里却死寂成古墓。大胡子仍然噙着烟袋嘴儿，他不抽吸，烟杆尽头的烟袋锅儿得不到流动的氧气助燃，碎烟叶只能算是一小撮冰冷的土屑。刘瘸子手中的炭块发出温润的红，手指上却慢慢地突然滚下滴溜圆的珠子，落在火盆中"噗""噗""噗"地接连升起几缕青烟，一丝焦灼的怪味在三个人的鼻子之间游荡……

第二天清晨，太阳淡淡地挂在天上，似乎想明白了自己的处境。落叶越积越多，院子里，路上。几个人聚集在杂货铺的门前，那门已然用一根硬木顶住了，表明主人不在。

小南蛮蔡宝儿咿咿呀呀地叫起来："清早起，囡囡要小菜吃吃，我是来打酱油的呀，在门口看到一个大胡子捂着肚子向西边那条路冲去了。"他的手臂在空中划了一下，"随后，刘瘸子和女人急急忙忙出来了，两个人跳上马车就向北面的路跑走了呀。"

一个细心人发现了地上一溜血滴，蔡宝儿又咿咿呀呀地叫起来："我看到大胡子捂着肚子的手有血的呀，好多的呀。"

卖豆腐的老杨头挑着空挑子停下，那几个人向他投去询问的眼神，老杨头是屯子里最早起的人。他似乎没有想好是否参与大家的讨论，可是，人们已经围上了他。老杨头叹了口气，带着热河人苣荬菜般苦森森的味道说："蔡宝儿说得对，只是刘瘸子赶车跑了一段，那女人冷不丁从车上跳了下来，手里攥个包袱一路向西追去了。"大家"哦"了一声。老杨头不说话了，却也不走，几个人于是知道还有下文，齐齐地发问："后尾儿呢？"老杨头显出一脸的迷茫："那女人追了一阵子就坐在路上哭，哭了一会子起来掉头回来，转向南大道去了。"老杨头涩涩地摇了头闭上嘴。"后尾儿呢？"大家又问。老杨头摊开手："越走越快，没影儿了。"

一阵秋风骤起，落叶纷纷扬扬。三条长路苍白而凌乱，五六座小虫样的土屋，依然被那巨型鸡爪死死踩住。

吉之刀

谷子和糜子是堂兄弟，搭伙进山发财。

想要发山里财的人，无非四个路子：沙金子，追棒槌，打茸角，割大烟。这的确是来钱的买卖，弄好了一朝暴富。而实际上却是个万难的事情。不要说不容易得，再说，就是得了，也万难带出山来。发财梦十个九成空。

先说鹿茸角，俗话说鹿"脑袋顶着金钱桌子，屁股蛋子是肉案子"，浑身是宝。打茸角在春季，万物复苏。鹿本来不是个牙爪的东西，可是保不齐你盯住鹿的时候，老虎、黑瞎子却早盯上你了。所谓螳螂捕蝉，黄雀在后啊。追棒槌的人多了去了，你看过几个真的挖到了稀世宝参。在深山老林里偷种大烟，躲开了官家，可是树敌更多。野猪来糟蹋，胡子来掠夺，还有个莫测的年头作怪，弄不好血本全亏。那么沙金子呢？不得，风餐露宿毁了身体；得了，同伙眼红心热，祸起萧墙，互相残杀，金子最终还是丢在大山里了。

谷子和糜子是堂兄弟。两个人十进十出大兴安岭，十年时间两手空空。这是他们第十一次进山。照例他们在山脚下的小庙拜了山神，发了誓言：有难同当，有福同享。两个人进山走了七七四十九天，苍天眷顾，这一次终于得了。他们追到一个人参娃娃。两个人因为梦想成真而喜出望外，赶紧星夜兼程往山外奔。又走了六七四十二天，刚好翻过一座山的阳坡。有几块岩石裸露出来，暖暖的太阳烘得石面滚烫，二人美美地蜷在上面睡着了。谷子一身燥热地醒来时，发现自己被五花大绑地捆在岩石上。糜子说，谷子哥，是兄弟对不起你了，你有啥话就说吧。谷子哭了。谷子说没什么可说的，说也没用，你给哥弄点水吧，我不想当渴死鬼。糜子就去给他找水。糜子去了，谷子就哭得更惨了，哭了一阵子，谷子想哭也没用，想辙吧，闭上眼睛假寐。糜子回来了，看到谷子睡了，就摇醒他，纳闷：你怎么还能睡着呢？谷子说，是这样，刚才我哭呢，突然一股青烟，地里冒出个一尺高的小老头来。他说，你哭啥？我说，我弟弟要杀了我。他说，杀就杀呗。我说，为什么？他说，上辈子是你杀了你这个糜子弟弟，这辈子当然轮到他杀你了。你也别委屈，下辈子又轮到你杀他了。我说，我没杀糜子弟。小老头嘿嘿笑了说，你不承认也没用，我有证据。你看到那个鹰嘴状的岩石了没有？它底下有个空隙，那里藏着你上辈子杀糜子用的刀呢！那里风干，刀还没烂完呢。我说，你拿来给我看，小老头说我才没那闲工夫呢。一冒烟，小老头又钻回地里了。听到这儿，糜子已经一脸迷惑与恐惧。糜子奔到鹰嘴石下，不一会儿拿回一把烂掉了木柄生满了锈迹的刀。糜子一脸汗水问谷子，你啥意思？谷子说，要杀就杀吧，反正下辈子我再杀你。糜子扑通跪下了，求天求地又求谷子饶恕。两个人最后七天相扶相持走出了大山，卖了人参娃娃，各自娶妻生子，成了殷实的大户人家。

好多年之后，谷子在被窝里搂着小老婆讲了这个故事，小老婆说，真有小老头？谷子哈哈大笑，瞎掰！那刀是我有一次进山带的刀中的一把，木把劈了，那刀刀身长，没有木把没法用。当时正好走到那儿，就顺手插岩缝里了。后来有几次进山出山没走这条路，走这条路时又忘了这个事儿，刀就一直没取。恰恰老天助我，最后一次全用上了。谷子停了一会儿又说，按说呢，每次进山出山都是和糜子在一起，他知道这件事，可是彼时必是贪心蒙了明眼了，他竟然没有想起这个事儿。

小老婆在谷子的怀里半天没吱声，后来就贴紧了谷子，抬眼望着他，流露出敬畏的神情，娇声说，老爷真是仁义，糜子这样对你，你现在对他也没一个不好。

谷子沉默着，像是没听见小老婆说什么。

其实，谷子什么都听见了，只是心里想：在岩石上，我是睡得太实了。如果我先醒来，被五花大绑的人就是糜子了。

风倒木

小瞎子坐在风倒木上，发呆。倒木下是溪流，这棵树被风吹倒的时候，心甘情愿地躺在溪流上，变成一座独木桥。小瞎子听姐姐说，独木桥是山神送给咱们的礼物，要不，打猎、采蘑菇，我们怎么进山呢？姐姐是这么说的，她没有说还可以坐在桥上哭泣。姐姐常常一个人偷偷坐在桥上哭。

小瞎子把手里的玉米饽饽掰成玉米粒大小的块儿，摆在风倒木上。他的一双瘪瘪的眼睛躲在薄薄的眼皮后面，像受到惊吓的小兔子似的颤动。他偏着头，脸木僵僵的，微张着嘴，下嘴唇紧绷着下牙，上嘴唇似乎被什么硬器撬起，倔倔地翻挺，白而齐的上牙露在外面。除了眼睛之外，他把脑袋上所有的机灵都抽出来集聚在一起，送到耳朵上。

他在听。

黄昏退去了，即便是盛夏，夜晚的大森林里仍然冰冷，山林幽森黑暗。阳光下的骄子们屏息隐遁成无影无踪的秘密，夜游的生命挑起无边而沉重的黑色寂寥，人们啊因此躲在小屋里不敢出来。

可是，小瞎子敢，他怕什么呢？黑暗又有什么可怕的呢？他打一生下来眼前就是黑的，小瞎子最不怕的就是黑。

飞鼠子开始向风倒木俯冲，它们有穿透黑夜的大眼睛。落在风倒木上吃玉米饽饽，窸窸窣窣的声音和小溪流一样动听，和一棵草、一滴露珠弄出的动静一样可爱。

小瞎子挪了一下屁股，又摆了一溜玉米饽饽。又有几只小飞鼠在小瞎子的面前滑翔而过，带来柔软的细风。小瞎子笑了，想，如果自己的头上长了树枝树叶子，那么这会儿必是悠荡起来了。

姐姐悄悄摸来，拉了小瞎子的手往家去。两个人走出了林地，转过山脚，邻人的苞米地黄豆地在月光下静默地沉睡。姐姐的呼吸平缓了，拉着小瞎子的手温热了起来：弟，你不怕吗？飞鼠子都是死孩子的魂儿呢。她悄悄地说，生怕惊扰了什么。小瞎子笑了，脑子里掠过柔软的细风：飞鼠子有什么可怕？一阵风罢了。

姐姐捏了捏小瞎子的手，不知道是责备还是赞许。两个人听着自己的呼吸声和脚步声，半天没言语。大山的后面，月亮底下，传来震颤夜空的长啸，不知道是几只狼。每一次长啸后面都有一段意味深长的停歇，像是某种试探和思谋。姐姐矮了身子贴近他：狼，怕不？小瞎子几乎笑出了声：狼有什么可怕？声音罢了。他使劲握了握自己的手，没想到姐姐"哎呀"了一声，抽出自己的手来，甩了甩，重新牵住小瞎子，叹着气：我知道你想什么呢，你不要做傻事。那冤家的确不是人，可是，再忍熬几年吧，等他上了些岁数，说不定就好了。

谁他妈不是人啦！你这娘们竟然敢合计谋害亲夫！一个高壮的黑影从一棵矮墩墩的山柳树后跳出来，直接扑向了姐姐。小瞎子耳朵里全是熟悉的声音，哭声，骂声，拳头砸、脚踹的劲力似乎只有奔赴死亡的一条路了。小瞎子总是不明白，每一次都不明白，他为什么一定要打死姐姐？他为什么一定要打死我？可是，小瞎子知道自己再也不要知道这个问题了，那个高大的男人抓住了小瞎子的脖领子，他的脑袋、身子于是像狂风中的树枝一样乱颤。小瞎子把手探向腰间，拔出尖刀，"啊"一声惨叫划破了星空，更结束了黑夜。

小瞎子带上锁子上了路，耳朵里满满嘈杂慌乱的声音，他知道是邻人的和乡亲们的。他又那样偏着头仔细听。那些叹息、叫骂、猜测没有一丝遮掩。人们总是那样，他是个瞎子，可是，他们总不经意地又当他是个聋子：完了，小瞎子一定被砍了头了。这次小瞎子笑出了声，他正了正头，大声说：砍了头有什么可怕？脖子冰凉罢了！像是一声炸雷，炸开了之后便是一片瘆人的沉寂，人们都被小瞎子的话惊呆了，蒙在一种似醒非醒的境遇里不能自拔。

这时候，一个女人嘹亮的哭声从林子里传来：哎呀，风倒木断了，我的羊儿掉到水里了，我的羊儿被断木砸死了！我的羊儿啊……疼煞我啦……

小瞎子站住了，女人的声音缭绕在他的耳边久久不去，不知道为什么，他心里暖暖的，静静地想，我断了头，姐姐也会这样心疼的。于是，小瞎子浑身一热，两股热泪就从他瘪瘪的眼睛里流了出来，小溪流一样不断了。

这是小瞎子平生第一次，也是最后一次流泪。

连环套

平原，丘陵，这些词他们还不会说，他们说，这大荒地呀，那个大那个长呦，没完没了！寻思这辈子也走不完了呐，咬着牙走到头，就进了山了。他们说起这个眼泪汪汪，偏转了头，眯了眼，像是躲避什么。他们没有留在大荒地上。他们为什么不在大荒地上建一个肥沃的家呢？他们谁都不说。他们进山了，从此成了山里人。

隐去年代。

山里一个平常的夏天。正午。

贤明贤良兄弟俩呼呼大睡，轰隆隆鼻鼾，咯吱吱磨牙，塔头墩垒砌的小屋微微震颤。毒辣辣的阳光透过破窗户煎烤着他们，两张如盆大脸汪出一层油。苍蝇轮番扑上来开洋荤，洋荤开过，就两两一边去摞在一起，不动了。吊在大梁上的一串灰嘟噜，在又一阵突起的呼噜声中，终于忍熬不住，倏地坠地。屋外一只芦花大母鸡，瞪着两只圆眼，伸长脖子，一边愣呆呆地转动着它那半粒稻壳般的红耳朵，一边慢而迟疑地向墙根移动。突然，它耷拉下两只翅膀，半蹲着喔喔叫着跑起来。屋里，此起彼伏的鼾声磨牙声同时终止，贤明贤良兄弟俩睁开眼，对望了一下，支起上半身，向屋门望去。门打开了，一下推到最大，门的外边咣当一声抵在大墙上，回不去了。屋门大开，一个人进来了。

我找个人，走到你们这儿了。那人搓着手，坐在贤良让出来的地方。贤明下地，给那人舀来一碗凉水。来人接过，喝了，却并不急切。把碗放在炕沿上，他掏出怀中的长杆烟袋。

贤良问：老哥，哪儿来的呀？

外头。那人回道。

到哪儿去呢？

里头。那人的下巴向山谷方向扬了一下。

咋称呼老哥呢？

那人却莫名其妙地说：有点账算，找个人。

这人说话金贵。兄弟俩又对望了一眼，屋里忽然静下来。

贤明给他点上烟，那人重新把话头提起。

他问：你们是干啥营生的？

贤良说：采蘑菇，挖药材。

怪不得墙上没挂枪呐。那人来了这么一句话。

兄弟俩没吱声，不接话。那人于是说：山里有枪的人家，手里都攥着人命！

说完，不再言语，只顾大口抽烟，一会儿工夫，满屋烟雾。直到烟雾散尽，那人说：水也喝了，脚也歇了，我给你们讲个新鲜事儿就走人。

山里人烟稀少，消息闭塞，过路人常把一路见闻留在途中，以此答谢允许他们住宿、打尖、歇脚的人家。

他说，昨儿晚啊，有个老客，整了十斤大烟土，他寻思自己挺精——那人指指窗外，稍作停顿，一股微弱持久的轰鸣声远远传来。

听见没？他问贤明贤良兄弟俩，然后自顾自地说，就像这条河，水流急些，倒是不深，能蹚着走。老客要蹚着河水走到山外去。你们猜怎么着？来人并不等兄弟俩回答，只是看了看兄弟俩冷漠的面孔，继续说，他背着十斤大烟土。又重复道，像是赞同谁的话似的，说：就是扛着一座小金山嘛！这老客寻思他自己想得挺周全，不走山路，走水路。哈哈，算计错了，螳螂捕蝉，黄雀在后啊！

那人陡然停住了故事，转而问贤明贤良：昨晚儿是几儿？

贤良说：十六。

对呀，十六！那人说，十五的月亮十六圆。这老客失算了，他寻思十六的月亮只成全他呢！一片水亮亮，好走呀！劫道的人埋伏在山路上啊，逮不着他呀！可是，他失算了，还有一步，这老客就出山了，我寻思着，这老客可能就要乐颠馅儿啦，啪，啪，啪——

那人哈哈大笑，小屋马上哆嗦起来。他笑啊笑，突然就绷了脸，阴冷冷地说：这三枪从树林里钻出来，那叫一个准，一下子就干碎了老客的脑袋瓜子！

贤良霍地一蹿要扑出去，贤明却一把将他按在炕上，他挡在贤良的前面，对峙立即发生了。贤明算是看清了这个不速之客的模样了，他们的眼睛都瞪到了最大，死物一样，连眨都不眨一下。苍蝇嗡嗡地在两个人之间来回飞舞，四只眼睛只想从对方那里强取豪夺些什么。

最终贤明挪开了眼睛，他爬到炕梢去，推开一堆杂物，取出一个四四方方的油布包袱。那人接过来，转身就走。

贤明贤良兄弟俩冲上去，重重摔上屋门，门后两支长枪倚墙而立，他们一人抓过一只，贤明却伸出手再次拦住贤良，低声说：就一个人，他也不敢。两人右手提枪卧倒，耳朵贴地，马上，踢踢踏踏的马蹄声传来，他们仔细辨识，踢踢踢……踏踏踏……

兄弟俩脑门上全是汗，交换着他们的判断：

少说四匹马。

少说四个人。

不知道什么时候，阳光又从破窗户钻出去了，塔头墩垒砌的房子暗淡下来，兄弟俩坐在地上，呆若木鸡。

大　户

　　二丫是陶赖昭大户陈家的独苗少爷。这头一句话就漏洞百出似的。二丫，分明是排行老二的丫头嘛，怎么是个少爷？既然是大户，必是子孙满堂，人财两旺，怎么是棵独苗？

　　陈家香火单薄。二丫学名陈守义，小名取得轻贱为着好养活。陈家祖上倒是文武双全、男丁旺盛来着，不知道哪一代起，血脉出了大问题，凡是男丁，有一个算一个，长到二十四岁就突然生病，一种叫不上名字的怪病。起初浑身酸痛，直不起腰，挺不起腰杆儿，很快地，四肢不听使唤，脖子也支不起头来了，像一堆烂泥一样瘫在炕上只会喘气。最后，连呼吸的力气也没有了，没一个活过二十五岁的。

　　陈家完全掌握了家族命数之后，于万般无奈之中也曾全力抗争，但从未见起色，悲剧命运毒蛇一样缠绕着他们。二丫就是他们最后一招仅存的硕果。这颗果子的得来或许不能用代价来估算。每一代陈家男人都殚精竭虑地想为家族创造奇迹，他们尽可能地早结婚，早生和多生儿子。这个思路一度缔造了一幅脆弱而繁荣的场景，陈家两代男丁最多时已达十几口。那样稚嫩的叔伯和子侄终于摧毁了家族血脉中另一个涵养，他们的生育能力降至如今的三代单传。雪上加霜啊！二丫陈守义是第三代单传之果，十六岁，母亲正在给他说亲。

二丫是个老成持重的人，沉默寡言，这一点和他的母亲一模一样。二丫也许天生有个佛缘吧？她每次去庙里烧香，仰头看着香火缥缈中的巨像会眼含热泪地这样想。十几岁的半大小子，都像猴崽子似的上蹿下跳没个消停，可是周遭再热闹嘈杂，二丫都是一副悬在半空中的样子，有一种入定般的安静，似乎什么都被他参透。他母亲的心会很疼，但她从不说出来。他母亲让自己想得更多的是，男子汉就该话语金贵，贫嘴——这地方人叫莲蓬嘴子，一贫就把人的心贫出去了，心多重呀，它装着什么呐！心没了，浑身上下没有二两重，又稳又重才压得住邪气。谁知道这是不是一个母亲的一厢情愿呢？

　　十六岁的二丫书念得好，家里事不用他操心，母亲是个能干的女人，这也不是全部道理。陈家的其余事从来不算是一件事，财源像是识途之马，自己找上门来，家业滚雪球一样越来越大。不服气都不行，有故事传播着呢。说是有一年冰雹来袭，鸡蛋大呀，地挨着地，齐边齐沿儿地砸在别人家的地里，弄得人家颗粒无收。陈家的地里一粒冰雹没有，就像有一只天手，遮挡住了。可是，他母亲不会为这样的事情欢欣。

　　十六岁的二丫书念得好，他只念了一年私塾就去念新式学堂了。但他还是很敬重自己的启蒙老师吴先生。二丫对娶亲不感兴趣，他母亲把吴先生请到家里吃饭，请先生劝一下。当然有酒，二丫还是孩子吧，不喝也行，东北的女主人是可以陪客人喝一点酒的。这一次，二丫一定要陪老师喝酒。要娶亲的人了，准成年，他母亲同意了，母亲也就不喝了，给吴先生和儿子分别倒上酒，陪坐在侧。以前也不是没有请过吴先生。这地方的人每年都要请孩子的私塾先生吃一次饭，以示感谢和尊敬。以往二丫都是陪坐在旁边，依然无话，吴先生是真喜欢他，"君子讷于言而敏于行"嘛，吴先生一人唱独角戏从不寂寞，他喜欢喝上几盅再过足诲人不倦之瘾。这一次，出乎意料，第一杯下肚，二丫就与他平分秋色了。二丫从未像此刻这样侃侃而谈，吴先生以为是新式学堂的功劳，他母亲略略惊愕，起初偏想到酒上去了，渐渐地，感到不对劲儿。二丫语速均匀，不急不缓，却不知不觉地剥夺了吴先生的话语权。可能吴先生也不知道什么时候自己变成听众了。二丫说得很多，有依有据，又破又立，南朝北国，上下几千年，似乎有一条河流在他和吴先生之间汩汩流淌。吴先生很受用，他下意识地把这当成一种以往传道授业解惑的检阅和展示了，何况还有酒精的作用，飘飘然也在情理之中。他母亲慌了，因为，她听到了自己心中的鼓点，越来越急，越来越重，完全配合着儿子的情绪。二丫帮助吴先生褪去了大衫，然后自己也脱掉外衣只穿一件雪白的洋服衬衫。他母亲没有拦他这一举动，但她几次阻拦他说话。她觉得他说得太多了，真的太多了，她要儿子安静下来听先生的教导。但是，他母亲拦他不住。甚至，后来不敢拦了，儿子有点疯狂和失控。然后就酣畅淋漓了。师徒俩兴高采烈地散了。吴先生离去，二丫回自己屋子，一头扎在炕上，他母亲给他盖了一床小薄被子。

吴先生竟然忘记了自己所担负的重托，没有劝说弟子娶亲的事情。二丫睡了，他母亲回自己的屋子呆了一呆，也睡着了。

他母亲醒来的时候有一点恍惚，随后这恍惚就像烟雾一样消散了。老妈子给她装好一袋烟点着，转身出去烧茶水。茶水端上来的时候，她的烟也吸好了。然后，她听到院子西南角的炮台——那时候的大户人家，院套四角都设有高高的炮台——"嘭"的一声。他母亲的脑子一下子白了，就像天空轰鸣着劈下来的闪电。她起身去儿子的屋子，炕上只有一床随意掀开的被子，人已不在。她空白着脑子又回到自己的屋子，端坐在炕上等着。脚步声凌乱而迫近的时候，她端起茶杯，其实她并未打算喝。门开了，炮手老王一头跌了进来，他"嗷"的一声号叫：大太太不好了，少爷非要玩枪，走火啦！老王扭曲着脸，浑身血点子，双手通红。她手一松，满杯的茶水一同坠落。

是这样的：醒酒之后，二丫上了西南角炮台，抓过枪来玩儿。这个孩子是爱枪的，男孩子又有谁不爱枪呢？他从小就喜欢玩枪。可是，不知道怎么鼓捣的，炸子了，子弹崩进二丫脑子，他倒在地上，红红白白的一片……

这是全部真相吗？是否还有隐藏起来的那部分真相呢？不知道，真的。的确有许多猜测，可谁也不能确定。

陈守义的母亲怎么活呢？

乡村蒙昧

老陶赖昭外有一处将军墓，挺大一块地。旁边有个带院儿的小房子，是守墓人的居所。墓主人家还给守墓人划了一块地，吃穿用度由此出产。守墓人姓赵，人称赵老蔫。一个儿子，一个老婆。儿子没起名字，叫小子，赵小子。老婆又高又壮，赵老蔫于是就越来越蔫巴了。

赵老蔫一家有住有吃，不过，也仅仅是有住有吃。因为土地是人家的，将打将能供上嘴。住呢，不是自己的房子，心从未踏实过。这样的生活、这样的家，娶儿媳妇靠的是机缘，二十岁的赵小子没有说媳妇，没准儿一辈子也说不上媳妇。实际上四处游荡的老光棍儿大多是这样的或类似的底细。该着赵小子命好。有一年松花江涨水，赵老蔫捡了一个小女孩，八岁光景。得先养着，叫童养媳。赵小子乐坏了，这叫盼头啊，再熬个七年八年的，他就有媳妇了。

赵小子心里认准了小女孩是自己的媳妇儿，言行常常流露出温柔的关照。儿子将来有媳妇了，当妈的当然高兴得要命，但是看不上儿子"那死出"。她向来是张嘴就骂，举手就打的，人家身大力不亏嘛。儿子从外面回来，给小女孩使个眼色，小女孩跟他到房山头，他从衣兜里取出一个小香瓜，他妈突然从墙角跳出来，扇了他一耳光："瞧你那死出，八辈子没娶过媳妇了？"小女孩受到的惩罚就更多一些，整天哭哭啼啼的。赵小子知道别人家的童养媳也是这样，忍着吧，长大了就什么都好了。可是，赵老蔫没忍住，他实在看不下去眼了，又做不了主。比如，给那小孩子吃饱点不行吗？宁可倒给鸡狗吃，多一口也不让小女孩吃。赵老蔫就不知道自己把她领回家到底是件好事还是坏事了，于是他生了场病死了。

赵老蔫死了，老婆就把从前撒在他身上的气加在小女孩身上。小院子四周一圈杨树，夏天的时候，枝叶繁茂，绿莹莹的。现在婆婆打小女孩的时候，不许她哭出声。赵小子从外面回来，离家还挺远呢，听见那一圈杨树发出"嗡嗡嗡"奇怪的回声。这是什么声音呢？他推门一看，全明白了。赵小子也看不下去了，看不了躲得了吧，走。赵小子离开家，去外头找活儿去了。家里那点地，他妈一个人轻松松就弄得了，何况还有个已经十三岁的童养媳呢？赵小子想，反正你舍不得打死她，那样的话你可是竹篮子打水一场空了，你舍不得的。小媳妇受点气就受点气吧，还是那句话，长大了就好了，没几年的事儿，到时候我对你好。

婆媳两个人是怎么过的，没人知道。孤零零的小院儿，一个邻居也没有。屯子里哪个人会专程跑老远去墓地玩玩或者唠个闲嗑儿呢？婆婆倒是偶尔出去，走个亲戚啥的。这一次是小姑子娶媳妇，捎信儿来让她去喝喜酒。刚过了端午，地里一片青苗时。她临出门把米箱子锁上了，油盐坛子都放米箱子里。酱缸锁不上，做了记号，只要盛出一小碗，大酱下落之后就会在缸壁上留下一道清晰的痕迹。五天之后她回来了，屋里没有了小童养媳，她哪里也没找，直接奔辘轳井去了，趴井沿儿一看，小女孩披散着头发漂在水面上。找人捞出来时，小女孩的脸又白又大，像一只白瓷面盆。好心人还倒提着她控一控，没能起死回生，倒是从她嘴里控出来一些腹中物，没有消化好的小土豆。土豆没到长成的时候，指甲盖那么大，都没咬碎。

赵小子回来跟他妈对过话，他妈一五一十地讲给他听。赵小子都听完了之后问："你在屋里没看见她就直接奔井沿儿了？"

他妈回答："是。"

赵小子又问："你就没寻思她躲房山那儿哭？"

他妈回答："没有。"

赵小子还问："你也没寻思她是不是跑了？"

他妈回答："没有。"

赵小子把没过门的媳妇埋了，又走了。这一走就多少年没回来。他妈老了，不再又高又壮，从前像个铁塔，现在曲曲弯弯，挂着棍子，脸还直往地上趴似的。墓主人又等了几年不见赵小子回来，就把老太太打发了，另雇人守墓。陶赖昭大街上从此多了一个白发苍苍的讨饭人。

也不知是哪一年，老太太在大街上踯躅彷徨，眼前一双腿挡住了她的去路，老太太费力仰起头来，哇的一声就哭了：

"儿呀，你跑到哪里去了？不管老妈了吗？"

她对面的人说："你老了是吧？没人管了是吧？"

老太太一边抹眼泪一边连连点头。只听对面的人说："你想一想，我呢？我老了之后，谁管我呢？"

说完，这个人就大步流星地走了。老太太一直在哭，她没看见儿子脸上突然奔涌出来的泪，也没听到儿子的脚步有一次或两次犹疑滞重的停顿。不过，这一走，可就再也没回来。

满
天
星

大油酱

她打小身量就粗大，又爱吃爱喝，到十八岁时，在她身上就看不到骨头了，全是肉，发面馒头似的暄乎乎。她倒是没什么毛病，不傻，就是不爱动心思，什么事儿都不爱动心思，心智停留在眼睛能看到的事情上，看不到的事情她全没把握，也不管不顾。就比如吧，她走光板路时，踩不到狗屎，因为明晃晃摆在那儿嘛。可是，人家院外边儿上的草窠子，她蹚几步就会踩一脚狗屎或者鸡鸭鹅屎，或者别的脏东西，惹得妈妈嗷嗷骂她，左邻右舍都听得真真儿的。她不害怕，不害臊，也不生气，嘻嘻笑，她永远不害怕明着来的。没办法，对她，你也不能来暗的。怎么忍心来暗的呢？

陶赖昭这个地方，家家都有个装豆油的缸，日子过得好、人口多的大家主，油缸很大很高，十岁的孩子站里面都不露头。放在阴凉的厢房里。好像豆油越多越不容易哈喇，可以保存很久不变质。就一个坏处，如果豆油吃到半缸以下，取豆油就有点麻烦了，而且越来越麻烦，够不到。

有一天，做饭的嫂子和婶子们叫她取豆油，说：你个儿大，胳膊长，不像我们个顶个都是小剂子。她伸手把身边一个嫂子的头顶比到自己的胸口上，哈哈笑起来，嫂子顺手打了一下她的屁股，手被弹了回来。嫂子乐了，说，真暄呀，过年就照着你的屁股蒸馒头！

她就去了厢房，往缸里探头一看，油在缸底，也就一尺深，散发着一股豆腥味。她把提篓放下去，差那么一截儿，够不到。她想都不想，把提篓挂在缸沿儿上，双手扒着缸沿儿就地起跳，一蹿，上去了，肚子紧紧地顶在缸沿儿上。然后，她左手抓着缸沿儿，将上半身伏到缸里去，右手摘下提篓去提豆油——出溜一下，她整个人进去了，栽到缸里去了。说起来蛮轻巧的，实际上很狼狈。她大头朝下掉进缸里，既不能翻身，也不能坐起，她的脑袋扎进豆油里了。她不是有两条结实的长胳膊吗？缸底积着一层厚厚的油泥，滑得很，手根本支不住，再加上慌乱害怕，毕竟是个没见识的小姑娘，被困在又窄又深的憋屈地方。她脑袋埋在豆油里，腿倒立在缸中，还露一段在缸外，扑通起来了。该着她的命大，一个嫂子来厢房取粉条，赶紧去抓她张牙舞爪的两条粗腿，可是根本抓不牢，而且也必是拖不动。这个嫂子还是非常机灵的，杀人般地大叫，结果叫来一帮人，一齐把她从缸里薅出来啦！她身体顺过来时，头上的豆油、肩膀上的豆油、双手划拉的豆油齐齐往下淌，黏糊糊淌一身，一直到脚，就仿佛她整个人被豆油腌酱过了似的。

从此，她就叫大油酱了，真名倒是被人忘记了，或者就是没忘记，也没人叫了。

大油酱转年就嫁了出去，婆家是早定好的，门当户对，也是个大家主，妯娌很多。但大油酱并没挨欺负，因为她就是这么个性格，谁不知道呢？精明的公公婆婆都知道，所以，谁都别想在公婆面前给她使个坏、栽个赃啥的，没人信呐！等公公婆婆没了，丈夫成了当家人，给她仗腰眼儿，她根本就不知道世上还有操心这回事儿。她和丈夫都老了的时候，孩子长大了，非常孝顺，从不亏待她。大油酱满头白发时，还像十八岁时一样无忧无虑地活着，而且，仿佛更白更胖了，也更爱吃爱喝了。老亲戚们想起来就说，啥叫啥人啥命啊，瞧瞧大油酱！

满天星斗

满天星斗的夜空不管是在什么年代都是美好的。如果恰巧赶上地上的人们正过着美美的日子，那天上地上就好到一块去了。如果地上的人们过得不好，满天星斗的夜空就自己个儿悄悄美去吧，它也管不了地上人们的死活。这真是个没有办法的事情，所谓天人合一，有时候一点也不玄，只是个巧合呢。

满天星是个屯子名，它就在屋顶山的山根旁。屋顶山一年四季狂欢的大风，把这一方天空荡涤得干干净净，一到夜晚就铺展开一张蓝瓦瓦的天幕，透灵得没法说。许是星星也中意干净的地方，一年三百六十五天，星星几乎天天缀满天空，闪烁着，沿着山谷的走势撒开一条繁华烂漫的天河。再也没有什么地方有这样美妙的夜空了。在晴朗的夏夜，于屯子里任何一个地方仰望天空，看上第一眼，脑子就会轰的一声炸响，头皮酥酥发麻，心怦怦跳，人就会没着没落地转几圈，回屋里倒在炕上，闭上眼睛还要寻思一阵儿。寻思什么呢？都是和满天星斗无关的，可是，不仰望夜空，也就不会想那么远的事情啦。

满天星是个小屯子，只有六户人家。相隔又远，每户之间相距半里到一里地，看不到邻居的模样，也不知道他们正在做什么，但能听到。到处都是大籽蒿子，它们长得和屋檐一样高，伸向邻居的毛毛道就在大籽蒿子丛中。邻居家的狗吠鸡鸣传来，有时候还有主人的呵斥声，一律被大籽蒿子过了手，听起来有点唐突或者寂寥，总而言之怪怪的。

满天星的黑土地肥得流油，屯子里的人都喜欢种地，住的房子倒是不怎么在意，所以他们的房子挺不像样，对对付付的，用塔头墩垒砌，屋顶苫上草。房子也不大，一间屋，半截墙分出里间和厨房，一面炕。说白了，这六户人家还在创业期。他们一门心思开荒种地，起早贪黑忙个不停，想以此发家致富过上像样的日子。他们笃信这条路，不作旁处想。

屋顶山上的胡子可不这么想，他们有另一路活法。屋顶山上有胡子也不是一朝一夕的事情了，早就有。他们不种地，也不盖房，他们在山上蹲着。蹲够了就下山直奔东兴县城劫点财，再回到屋顶山蹲着去。

夜幕降临，山中不好过。不是所有的胡子都能熬过山中的长夜，他们当中有些人就下山去，住到满天星那几户人家的炕上，把主人一家撵到厨房灶坑旁边的柴火堆上去。他们不做别的恶事，只是把主人一家赶出里屋，他们在热乎乎的炕上睡个安稳觉，第二天起来就回到山上去。虽然胡子并不做别的恶事，满天星的人们还是不堪其扰。他们来得太频繁了，虽然他们没做别的恶事，可并不保准他们就真的什么恶事都不去想。反倒是，每家每户总觉得恶事在什么地方等待着，时时刻刻都会发生，就像是每家屋门后那一块幽暗之处，即使主人心知肚明什么物件都没放，偶然间，猛地一眼看去总以为有东西藏匿而吓一跳，以至不安。再说，柴火堆上过夜不舒服，主人一家也想伸腿伸脚地睡到炕上去。

黄昏，鸟儿也不贪恋草籽了，它们急匆匆向屋顶山飞去。倦鸟归林，满天星的人也张罗着吃饭和睡觉了。山中的夜来得快，夕阳的余晖还没有收尽，夜就突然降临了。劳作了一天，满天星人困马乏，他们充满倦意，想着刚刚罢了灶火的暖炕，正好可以烙一烙酸痛的腰身，消解一天的疲乏。

张大下巴的老婆是个大嗓门，她向窗外望了一望，没动静，大籽蒿子黑压压戳在那儿，一动不动。她大着嗓门说：

老天爷保佑，让我们睡个好觉。都这时候了，他们今晚儿不来了吧！

来啦！外面有人接过了话，跟着，门被推开，进来三个人。

半夜，张大下巴从灶台边柴火堆上爬起来去外面小便，刚站定，听门响，回头看见一个高壮的影子跟了出来。他们一个朝东一个朝西打着冷战滋尿。他们没打招呼，各自仰头看着夜空。看了几眼，张大下巴的头皮酥酥发麻。这时候高壮的影子说话了：

哈，好看！

张大下巴掂量了一下，像回声似的重复：嗯，好看。

张大下巴不想招惹他，抖了下身子起身回屋，听见黑暗中那个人长出一口气，似自言自语：

妈个巴子，这是图希啥呢？

张大下巴回到灶间重新躺在柴火堆上寻思了一阵儿不着边际的事儿。不知过了多久，他突然意识到那个人没回来，根本没再进屋。

其实，那个人已经走出一段路了，他向着山外走去。在满天星光的照耀下，他的路似乎还不算难走。

匿迹三题

遭　际

张青山真的需要一点火。他匍匐在灌木丛中，眼巴巴地盯着河中火炕一样又大又平的石头，上面一堆灰烬还冒着丝丝缕缕的青烟。那青烟下面兴许就有一块红红的木炭，正好点一袋烟，歇一歇，打个盹儿，张青山已经三天没合眼了。

张青山屏住呼吸，支起耳朵又听了一阵子，这才站起来紧了紧腰间的带子，一步跨上大石头，石头上几行字就像一排排眼睛，一眨不眨地和张青山对上了。

　　　　家住莱阳本姓孙

　　　　翻山跨海来挖参

　　　　二宝如今迷了路

　　　　米粒未进整七天

　　　　有命遇上好心人

　　　　顺着河水往下寻

张青山捡起一块烧黑了的桦树皮在石头上画了画，几道粗粝的黑线乱乱地交织在一起。他知道有一个叫孙二宝的山东人遇上麻烦了，和自己一样，只是命不同，麻烦也不一样罢了。张青山抬头仔细地看了看天，正午的阳光透过参天大树还是罩了下来，不温不热，但是朗朗地罩下来，把自己整个人罩在老天爷洞悉一切的目光中。张青山脖子上长长的刀疤颤了一下，叹道："命！"又紧了紧腰间的带子，跳到河里，蹚着齐膝的河水顺流而下。

约莫一个时辰，张青山的耳朵和鼻子同时捕捉到一种怪异，他把自己藏在河边一丛矮树后面，眼睛穿过凌乱的枝叶——十几米处一块大石上踡曲着一个人，而他的头上方站着两只健硕的狼！

张青山无声地从腰间拔出匣子枪，锁定那只更壮的公狼，"砰"的一声炸断河水的轰鸣，几只鸟"扑啦啦"飞起又"倏"地藏匿，公狼扑地，母狼瞬间明白了一切似的，落荒而逃。

那个叫孙二宝的人已经死了，张青山没费什么力气就找到一处废弃的地窖子。他把孙二宝放了进去，用匕首松些山土封堵。张青山坐下来，终于点上一袋烟，说：

"兄弟，委屈委屈吧，我们这些人……命！"森林里静得如同一块铁疙瘩，没有回应，张青山听到了自己的声音，"你别怪我穿了你的衣服，拿了你的烟袋、荷包。老天爷有眼，油布裰裤我可没动，也没看。"

月出正东的时候，张青山走上一条羊肠小路。在一片死寂里，他走出一阵风，两边的枝条被撞得舞动起来，像一只只张牙舞爪的手，一路纠缠。突然"啪"的一声，两只重重的手同时落在张青山的肩上，他的心"咚"地一沉，他不回头，知道只要回头，自己的喉咙就会被死死咬住，他继续向前走。奇迹般地，前面出现一小片开阔的湿地，张青山当然不能放过这个绝好的机会，他迅速出手，用力抓住肩上毛茸茸的东西，身体下蹲，两只手臂向前抢起，一个黑影划过张青山的头顶摔在地上，张青山并没有松手，他腾身跨上，只见匕首闪起凛凛的寒光，母狼发出一声哀鸣，浸在自己的血泊中。

转山爷

一场大雪下得沟满壕平，人掉到雪瓮子里自己爬不出来。森调队一行六人排成一行，孙二宝肩扛着枪走在头里，后面的人把腿和脚拔起再一同插进孙二宝留下的雪窝子里才能向前行。这个动作必须准确无误，稍有偏离，就跟头连连，队伍行动艰难而缓慢。

偶尔有觅食的野鸡饿晕了头从半空中一头扎进雪堆，密林深处传来老虎"呜呜"的嚎叫，树上大片大片的雪被震动，簌簌下落，真真假假的又一场雪！

断后的黑瞎剩儿想去拣野鸡，斜刺里刚迈出一步，孙二宝头也没回厉声呵斥："你他妈给我赶紧归队！找死别拐带我们！"

黑瞎剩儿乖乖地收回那只自己开路的脚，一阵大烟炮从头上十几米高的树梢上呼啸而去，身边一棵大树被冻脆的树干噼噼啪啪倒了下去，落地时发出沉闷的轰鸣。那几个森调队员看着断裂处米色的木茬儿，都惊在那里，黑瞎剩儿身上出了一层细汗，水桶粗的一棵树！黑瞎剩儿心里骂了一句："妈的孙二宝，就算欠你一条命。"

这支小小的队伍没有迷路，他们身上的森林调查任务让他们必须前行。孙二宝和黑瞎剩儿是向导，用队伍里工程师的话说，孙二宝比罗盘好使。

西边的林子上空晕染了一抹淡淡的红，树林里暗了许多，孙二宝把队伍带到了一处木刻楞旁边。他们进了屋，发现里面有足够的烧火柴，但没有吃的东西。孙二宝反身出来，细细观察那波浪一般起起伏伏的雪痕，有零星高挑的蒿草没有被完全覆盖，露出细弱的草尖儿。孙二宝走了过去，朝着一束拇指粗半尺长的蒿草伸出手，他拔了出来，没有任何牵绊——它是有人插在雪里的。孙二宝向下扒，很快地，他拎起一只剥光了皮又清理干净内脏的獐子，接着孙二宝重新把雪盖好。

晚上，六个人吃了一只獐子，连汤也没剩，全泡了随身带的馒头。

第二天早晨，森调队员还在熟睡，黑瞎剩儿听见外屋有说话的声音："好家伙，昨晚我一看有火亮儿，愣是没敢进屋，在雪窝子里挨了一宿。天亮了，我才看见那把蒿子不见了，知道是自己人，才敢进来。你是哪个溜子……"孙二宝打断了他："兄弟，闲话莫说。咱们井水不犯河水。"……外面静了下来。

森调队员起来之后，孙二宝把一个浓眉大眼的汉子介绍给大家："王老海，猎户。"那人一身笨重的羊皮袄裤，露出又白又齐的牙齿，"呵呵"地应着。

下山之后，黑瞎剩儿有一次一下子喝了一斤老白干，彻底高了，他说："他妈孙二宝真成宝了，森调队就差搭块板把他贡起来了。他妈我就不服！老爷岭沟沟坎坎我都走遍了，我咋就不知道有个孙二宝？你问问他孙二宝是谁？他叫孙二宝吗？你再问问他脖子上的刀疤是咋回事？"黑瞎剩儿打开食指和拇指，在自己的脖子上比量。有人说："你脸上不也都是疤痕吗？"黑瞎剩儿仰起脸说："我这可是黑瞎子舔的，看看，你们看看，和他那个一回事吗？"

第二天孙二宝走了。森调队发给他的那支枪擦得锃亮，规规矩矩地挂在墙上。

孙二宝不知去向。

煤黑子

孙二宝刚从井下上来，去杂货铺买烟，碰上了热闹。杂货铺老板翟春福的老婆和一个陌生女人打成一团，老翟躲在旮旯里不出来。一个双眼瞎的老头托挲着双手，跟随打骂声，一边摸索着，一边哆哆嗦嗦地咕哝："别打了，快住手。淑芝咱走，马上走。"

"不要脸的臭婊子！卖够了，还觍脸从牡丹江追到鸡西来啦！"

"你才不要脸呢，我早就是老翟的人，是你抢了老娘的地方！"

孙二宝此时已经吸完一支烟，战斗还在继续。他狠狠地掷下烟头，走上前，拉住那女人，说："老翟已经成家了，要是你不嫌弃我是个煤黑子，跟我走吧。"

那女人瞪着一双又黑又亮的眼睛，盯着孙二宝好一会儿，又看了看旁边抓着她衣襟儿的老头，老头一双烂桃似的眼睛流着泪水一样的东西。女人说："爷敞亮,爷要是不嫌弃我,我就跟你走。可有一样,我得带着他。"女人抓住老头的一只手,攥得紧紧的。

从此,孙二宝吃上了热汤热饭。他还在房后接了个小偏厦,盘上炕,把老头安顿在那儿。

翟春福的老婆总是放出难听的话来:"臭婊子前半宿陪煤黑子,后半宿陪老王八。"淑芝就把老翟老婆直接堵在大门口,当众说:"你再敢胡说八道,我就把老翟收服了。我可知道老翟喜好啥!"

那天晚上,淑芝特意做了一海碗红烧肉,拌一盆大拉皮,拿出事先烫好的小烧,两人面对面坐在炕桌两边,淑芝开口道:"老孙啊,今儿个咱俩像爷们那样喝一次。"说完一仰头干了一盅。

沉默了一会儿,淑芝说:"这些个日子了,你啥也不问,你就没啥问的吗?"

"没有。"孙二宝也干了一盅。

淑芝那双又黑又亮的眼睛看住孙二宝:"是,我是窑姐儿。可是,我跟了你老孙,从此死心塌地绝无二心。"她指了指偏厦,"他救过我的命,我跟过他。可是他现在不中用了,我得养活他,我不能把他扔了。嫁了你,我跟他永无瓜葛,老翟也是一样。你要信呢,咱俩就好好过,你要不信呢,我明儿个收拾铺盖走人。你看咋样?"

孙二宝放下筷子,郑重其事地说:"以后你记住,没用的话别说,没用的麻烦别惹。你跟着我,荣华富贵的日子指定没有,我保准你饿不着,冻不着。"孙二宝也指了指小偏厦,"他也一样。"

淑芝眼中立马泛起一层泪花，说："成，听你的。"

五年之后他们的孩子出世了，是个女孩，叫孙冬梅。过了两年，儿子出生了，起名张承祖。有人问孩子为啥姓张，孙二宝说："淑芝姓张。"

淑芝还问过孙二宝一个问题："你脖子上的刀疤是咋整的？"孙二宝说："小时候弄的，早都忘了咋回事了。"

一封家书

山东人老邱独自一人过活，老跑腿子嘛，住在夹皮沟有多久了？他自己都不知道。怎么知道哇？以前大清朝，后来中华民国，再后来伪满洲国，这么一闹腾，也就把人闹糊涂了。

老邱年轻时候闯关东，从山东一路向北，起先并未到黑龙江。他其实没有目标，走哪儿算哪儿，有什么活就干什么活。热河、内蒙古、辽宁、吉林都待过。活计呢，干得就多了去了，放猪、盖房、打围、割麦、插秧、扛大个儿……年轻，有力气，一个人吃饱了全家不饿，没有操心事。想女人了，攒几个钱去逛一次窑子。自己觉得活得也算行，挺乐和的。

也干过后悔的事儿。比如一次受雇跟着几个贼人，蒙着面，深更半夜去打劫一大户。领头的叫门墩儿，说好的不杀人，只要钱，结果出了岔子。那户主认出了门墩儿，说：

"门墩儿啊，你要是缺钱就吱一声，这是何苦？"

就这一句话，坏了，门墩儿开枪了。几个人自然知道厉害，也就跟随着开枪，把一家人全灭了。这也就罢了，家里一个还不会说话的小婴儿，惊醒了，大哭，老邱就向他开了一枪。当时没觉得咋样，后来想起来就后悔，想起来就后悔呀！那一枪不应该呀，小婴儿啥都不知道，杀他干吗呢，造孽！

老邱年轻的时候不想事儿，过一天是一天，从来没寻思学一门长久手艺，长了些岁数知道后悔了，可是啥都不赶趟了，老了嘛。等他落脚夹皮沟，已经五十来岁了，还一身病痛，干不了什么像样的活计了。好歹别人帮着，盖了一座小泥房，开了一块菜园子，种点菜，种点香瓜、玉米，勉强活着。

一个三伏天，老邱一手拄着棍子，一手提着一只柳条筐，装了几只香瓜，挪蹭着去路边的胡记杂货铺，打算换点儿咸盐。杂货铺也兼做饭铺生意，伺候来往路过的人歇脚打尖。这一天杂货铺里面坐着几个陌生人，其中有一个五十来岁的山东人，听老邱和老胡说话，那人站起身，凑过来问：

"莱阳的？"

老邱说是。两个人一聊，居然是一个村的，必然多说了几句前因后果，那人有些激动，说："俺的娘呀，你是拴柱吧？"

老邱说："你是？"

那人说："我是桩子啊。"

两个人好几十年不见了。那人就告诉他："你老娘还在呢，总是念叨你，以为你没了，天天哭呀。你咋这么多年不回家呢？"

老邱赶紧问："我娘还好吧？"

桩子说："我五年前出来的，说句不好听的话，你娘还能不能在都不知道了。"

老邱就哭了，哭得两只手捂在脸上拿不下来。这时候门外的车老板子叫着上路，桩子也无奈，必须走。桩子就说："哥，我这就回山东老家，我回去告诉你兄弟，告诉你老娘，你还活着呢。"

老邱说不出来话，就是哭，跟着桩子出来，看着他爬上大车，一会儿就跑没影了。不过，老邱听得见桩子的最后一句话："你咋着就不回家呢？还是回去吧！"

老邱在路边呆呆地站着，站了好久，然后又开始哭，挂着棍子磕磕绊绊回自己的小泥房去了。

一年多吧，胡记杂货铺收到一封来自山东的信，信封上写着"烦请转交邱拴柱"。老胡就给老邱送去了。老邱并不认识字，又请老胡帮忙。老胡就给他念了一遍。这封信以老娘的口吻，开头就把老邱责骂了一顿，说，桩子回来说了你的事儿，你不孝啊，这么多年不回家，既不给家捎钱，也不捎信，真是白白生养你一回，老娘我都哭瞎了眼，哭白了头。大概是这意思，但信在结尾处，话锋一转，老娘又说，以上都是我一时的气话，你活着就好，赶紧回家来吧，老娘想你。

老胡念完信就回去了，他走的时候，老邱捧着信哭得哇哇的。

此时已经农历八月，秋风萧瑟。夹皮沟家家户户都忙着秋收，本来人家就少，白天更是不见人了，都在地里，直到傍晚的时候才见牛车吱吱呀呀回转而来，车上的人都累得瘫软在高高的豆秸垛上，或者苞米棒子上。整个秋天他们都会这样忙得抬不起头来。还有土豆白菜萝卜要收。一切都弄得妥妥的，他们才能心安理得地猫冬。

过了二十来天，老胡突然觉得有点事儿，啥事儿呢？又想不起来，他在杂货店里转圈圈，转了几圈，嗷的一声，出门直奔老邱的小泥房子。他往老邱的菜园子里一瞧，就有一种不祥的预感，只见园子里的茄子秧、辣椒秧、倭瓜秧，和其他菜秧子，被秋霜打得蔫在地里，没人管，看起来一片狼藉。院子里也落叶满地，没人打扫。老胡开门一看，老邱吊在大梁上，已经僵硬了。

老胡找人把老邱解下来，弄了一副薄棺，葬了。这些都办妥了，老胡想起那封信来，寻思着，应该给老邱的老家写封信，告诉一声，不然老邱的老娘又是日日夜夜盼望着，多么心焦呢。老胡就再次去老邱的小泥房，打算找到信皮，抄下地址。可是里里外外找遍了，怎么也没有找到。

剃 头

好吧，这是个老早以前的事儿啦。

二柱子最亲的人就是大柱子。二柱子在心里琢磨这个事儿的时候，本打算算上侄子大喜子和二喜子，还有整天哭唧唧的大丫、二丫，琢磨一阵还是没算他们，嫂子也没算上。

二柱子一记事儿只有哥大柱子，后来又有了一个大个子嫂子。嫂子好骂他"石头缝里蹦出来的"。起初他没在意，骂的次数多了，琢磨一番，认可了，要不然别的小孩都有爹娘，他怎么没有呢？嫂子甩着男人似的粗胳膊指使他去山里砍烧柴，他蹲在林子里看东一块西一块、黑黢黢、满身小窟窿眼儿的火山石，不眨眼地看上半晌，怎么蹦的呢？这是个问题。

十四岁了，二柱子细纤纤的，有个头儿，没多大劲儿，架不住四个孩崽子群殴，这才知道啥叫好虎抵不住群狼。大个子嫂子赏的耳刮子他能扛住，但每次打在他的脸上，总见大柱子满面苍白地蹲下了，还抱着头。二柱子没有多想，他当下的问题是头发太长了，隔壁邻居王婶说他"长毛婆娑的，怪吓人"。二柱子就借了婶子的剪子铰了几下，狗啃似的，不像样。王婶又不帮他，她"唉"了一声长出一口气，说："我可惹不起那老娘们，"又急急地追了一句，"疯狗，你就造孽吧！"

跑山货的老客要下山，他三匹马的大车把一年攒的山货装得满满的了，但再捎个人也未尝不可。嫂子给了二柱子一个铜板，叫他去县城剃头，她盯着二柱子爬上高高的货顶。老客说："你可拉倒吧，剃个头还要跑出去八十里地吗？"他只是说了这么一句话，并没有阻止，看二柱子坐稳，又把捆货物的绳子抓得紧紧的了，就挥挥鞭子高门大嗓叫了一声："驾！你个死老娘们，不要脸！"三匹大马飞奔而去，二柱子见嫂子已经变成小不点了，还在祖宗八代地大骂老客。

进了海林县城，老客将车停在一个铺子门前，让二柱子下来，他从怀中拿出一张纸钱递给二柱子，说："你嫂子给你那一个大钱，啥也干不了。这么地，你拿上这张钱，先去剃头。"他指指铺子，接着说，"剃完头呢，他还会找给你钱，你去旁边吃铺吃饱喝得，完事儿去那儿，看见没，马棚？那是个大车店，"老客指着对面一个大院子，"我一会儿过去给你说好，你去找一个一脸大麻子的人，他整天在那儿，提我，他妥妥地会给你找辆车捎你回夹皮沟，听明白没有？"二柱子点点头，老客非让他重复一遍，拍拍二柱子肩膀，说了一句"快长大吧，长大了就好了"。这才驾着车走了。

二柱子按照老客的安排，先去剃了头，从镜子里看到漆黑的头发纷纷散落而下，突然像是天上的一块乌云散了，莫名其妙的，看啥都看得清清楚楚亮亮堂堂的。他出了剃头铺子，进了小吃铺，吃完之后，坐那没动地方，琢磨了一阵，起来出门，却没有去对面大车店，而是顺着路朝前走，一直走到火车站。火车站广场上的人多，车也多，他呆呵呵站了一会儿，不知道干吗，忽然有一个人过来问他想不想当伙计，他点了头，这个人就带他去了广场边上的一个杂货铺。

转眼过去三年，二柱子快十八虚岁了。这几年吃得饱睡得香，个子没再长，骨架长了，长得又精又壮，显得人更高了，简直换了一个人。脸倒是没有脱胎换骨，还能看到十四岁的影子。有一天傍黑，杂货铺都要关张了，进来一个人买锯锉。这个人拿上锯锉走到门口，突然转了身，扬声道："二柱子？！"

此时二柱子正背对着门，把顾客挑过的锯锉理到货架上，听见叫自己的名字也立马转身，问："什么事？"

那个人没说话，走了。二柱子琢磨了一会儿，忽然想起，那人是夹皮沟楞场的老邓。

过了几天，二柱子觉得不太对劲儿，怎么回事呢？他还一时说不清，就是不对劲，不自在，好像有人盯着自己。铺子当初盖在一片王八盖子（湿地）上，草率了，基础没有打好，慢慢沉降，窗台降至人的膝盖那儿。外面的人进铺子"咕咚"一下掉黑地儿，倒是里面的人往外看越发容易了。二柱子发现街角有个人团成一团蹲在那儿，时不时往铺子里张望。二柱子看了一阵，心猛地急跳了起来，他推门出去，就见那一团黑立马溜走了，消失在胡同深处，过一阵子又回来。一连三番，都是如此。

第二天，太阳很足，有点刺眼。二柱子看到那一团黑还在，他把这几年攒的钱都包在一张草纸里，叫了蹲在门口的小叫花子，打发他把这只纸包送给那个蹲墙根的人。二柱子隔窗看着，那个人没有接，起身慢慢离开了，却也没有回头。小叫花子站在那儿张牙舞爪地乱骂了一气朝回走。

此时恰巧是阴历八月十四，中秋前一天。当天关张的时候，东家给二柱子放假，说："你回家团聚去吧，放你三天假。"

二柱子说："不必吧，我没事儿。"

东家摆手道："别价呀，这是规矩，当年我的东家也是这样对我的，我是有样儿学样儿。"

二柱子琢磨了一会儿，趴地下实实惠惠给东家磕了仨头，他不干了。当晚，他搭上一列火车往哈尔滨去了。一定要去哈尔滨吗？也不是，他只知道他必须离开这里。他听人说过，哈尔滨是个大码头。

出窑的日子

那时候门墩儿手里有几个钱。钱的来路不太好说，门墩儿牙口缝没露过。他一时不想干活，又心不静，消停不了。正左不是右不是，没着没落的时候，有那么一次，门墩儿在道边卖呆儿，一辆单匹马拉的大车走得好好的，突然停在门墩儿身边。赶车的老板子"嗷嗷"训斥他的马。那是一匹白马，有一个圆滚滚的屁股和修长的身躯。白马一副充耳不闻的样子，呆呆地站着，心事重重的样子，将两绺棕色的硬睫毛落下来，遮住眼。

"咋回事？"门墩儿伸头问。

"不对心思了。"车老板子说，"这畜生千好百好，就一个毛病。不管你干啥，在啥地方，它不对心思了，吧唧一停，打死也不走了。"

"嘿——"门墩儿发出一个疑问的长音，"嘿——"他有点兴奋。

车老板子把鞭子摔在身旁，手去腰间取下烟袋；门墩儿双手撑住车大板，一蹦一扭，坐大车上了。就在他往后蹭着屁股，同时收起双腿盘起来的当口，马车突然一抽，向前驶去。

漫天火烧云，就像在起火，又迎着马车忽忽跑起来，闹不清是往前跑还是往后跑。

"不下去呀？"老板子没回头。

"走吧，不下去了。"门墩儿望着通红的天际。

必是碰了一棵蒲公英秧子了，车前猛地冒出一团蒲公英的小伞。逆光中，点点黑色乱影四处飘散，一会儿就不知所终了。

小兴安岭余脉深处有一个小屯子，五户人家。因为有个人家兴旺的前屯，所以它就叫后屯了。这一带山不高，山谷开阔敞亮，阳光分外充足，林地间青草又短又齐，一律亮晶晶的。门墩儿心中叫了个好。望见林地间和缓坡上点缀着松树和柳树。松树笔直高大，柳树矮，还团溜溜地像个帽头儿。大树是大树，小树是小树，并不混杂在一起，仿佛是按照什么规矩人工做成的。门墩儿心说，美观呀，和哈尔滨的公园一个样儿。这时，一棵山柳旁转出一个大闺女，他一眼就觉得这个大姑娘也像哈尔滨公园里见过的女人。目不转睛地再看，门墩儿就停下了脚步，不再走下去了。

后来，门墩儿跟他的两个小舅子，他背地里才敢叫他们小舅子，说：你姐扎个"大撒配"。我走南闯北，也只见哈尔滨的丫头才兴"大撒配"。两个十四五岁的山里小子问：啥玩意儿，大撒配？门墩儿带他们在山里挖窑，俩小子总偷懒，蹲在方坑边儿上往下看门墩儿。门墩儿爬上来，给他们一人一脚，踹到坑里，说：大城市的姑娘也梳一根大辫子，可是人家辫根儿不扎头绳儿，直接梳下来，整根大麻花似的，美观。俩小子一脸不解，不知道姑娘家那么个小东西有什么了不得。门墩儿说：你姐这么一下子就把我造蒙了。俩小子中有一个后反劲儿，摸摸屁股，说：告我姐，你踹我们啦！门墩儿呵呵笑了，说：告啥告？我都打算好了，烧几窑看看，赚钱的话，就干这个了，将来姐夫给你们说媳妇儿。

烧窑，多多少少要拜托老天爷。出窑的木炭是黑、亮、整齐，还是破碎、乌涂，多多少少要拜托老天爷，再怎么是行家也要拜托。烧窑的人总是非常在意出窑的日子。出窑那天，每个窑主都带着酒肉嚼果，木炭一出手，大造一顿。

门墩儿出窑的日子很冷。今年木炭的行市好，巴彦来的大车早早就等在山下了。门墩儿带着俩小舅子忙乎完了，从天窗看着空空的窑，心里满登登的。他顺着天窗下到窑里，四处仔细闻了个遍。空窑里一点异味儿也没有，暖烘烘的余热让人高兴。门墩儿仰头叫道：下来吧。俩小子瑟缩着身子，带着酒肉嚼果乐颠颠下来了，不消一会儿工夫，三人都衣襟儿大开。空窑里可真舒坦啊。

门墩儿又叨咕他的"大撒配"姑娘。俩小子"噢"了一声，说：问我姐了，那天她在河里洗衣服，晾在草地上等晒干。她又去河里洗头，扎辫根儿的毛线绳儿让水冲跑了，她没招儿，就只好扎辫梢儿。哈哈哈……俩小子以为自己胜了一把。门墩儿根本没理睬他们，他想着，哈尔滨姑娘穿蓝色棉袍，露出枣红色毛裤，脚上是一双绲俩毛球的黑色高跟系带皮鞋。他想着，他要给她置办齐。最好领着她去哈尔滨，让她随便挑选大围脖——他突然受困于那些大围脖了，配什么颜色的才美观呢？这时候，他听见一个小子说：你可不能打我姐啊。门墩儿一挑嘴角笑了，说：打老婆？那是你们山东棒子才干的事。俩小子垂头丧气了，他们的爹动不动就打他们的娘。门墩儿心想，是个爷们，厉害使到外面去。只是这老山东子太鬼。不过也没啥，钱是人挣的。不寻思

满天星

这些了——喝酒吃肉！门墩儿大叫一声，恶声恶气。

看不见的小蛇一条条从四壁的土墙中钻了出来，在曾经窑内一片红火的过程中，它们深深嵌进泥土中。窑空了，它们慢慢返了回来，有一些从敞开的天窗飘出去，有一些找到了更好的去处，它们钻到三人的脑子里去了。

三个人四仰八叉躺了一地。其中一个迷迷糊糊坐了起来，一歪头吐了几口。他记起了一些事，他听屯中的爷们讲过。他拉拉门墩儿，门墩儿哼了一声，一动不动。他又去拉他兄弟，那个小子晃晃悠悠坐了起来，也吐了两口。两人一先一后爬上梯子，爬出空窑。然后一刻不停地，他们连滚带爬回了家。

屯里人赶来，看到空窑里的门墩儿已经僵硬了，但是，嘴角上挑，是个笑模样。

必是娶媳妇呢。不知道谁在乱哄哄的人群中嘀咕一句。

深　白

　　女人嫁的男人还算行，有地有房子。还有几间富余的房子租给一个闯关东的单身汉，山东人，他有一个好手艺，种打瓜。种一趟打瓜，种一趟芝麻。东北人哪里会这么种地呢？还有一个吉林人，老李，开豆腐坊，拖家带口。老李有三个女儿，一个儿子。老李的老丫头六岁，房东的女儿小红也六岁。俩小姑娘在一起玩儿，却不大能玩到一块堆儿。老丫头挺淘气，爬树上房的，小红上不去，站在底下歪着头看。她是个小罗锅，后背起个大鼓包，把脖子都欺负得短了。后腰也不对劲儿，右侧塌下去，肋条骨跟着也塌下去，左侧胯骨拼命上提，左腿就短了一截，走路是跛的。两条胳膊又细又长，过了膝盖。

　　小红这样子不是天生的，也不是生病病的，是她妈妈踢的。

　　她妈妈很怪，整天就琢磨一件事，死。想方设法死。喝过卤水，屯子里几个女人给她灌乱七八糟的东西，那个吐啊，肠子都要吐出来了。她还跳过井。大清早有人挑水，见辘轳上空空的，井绳都垂下去了，就开始绕。嗯？怎么死沉死沉呢？趴井沿儿看，见水中露着一个脑袋，双手紧紧抓着井绳。把她拉出来之后，几个男人整整淘了一天，才把井水淘空。后来她又上吊。吊起来的时候，小红看见了，扑上来抱着妈妈的双腿哭喊。也不知道她是生气还是憋得抽搐了，狠踹小红。踹倒了，小红爬起来扑上去，再踹倒再爬起来扑上去，一直到有人听到，赶来解下女人。小红昏过去了。小红大病了一场，能下地了，就变成现在这个样子了。

在这纷纷攘攘间，山东人的打瓜和芝麻年年丰收。山东人的心里惊叹着奇了怪了，想，这地方真他娘的好，土地肥得流油，把手指头插地里去都能再长出一根来。第二年他早早挖了菜窖，冬天卖白菜、土豆、萝卜。他开始琢磨怎么能够一年四季都有来钱道儿。他偷偷摸摸把钱藏好，斜眼儿看着房东女人忙乎死这件事，他纳闷儿啊，日子好过成这样了，怎么还非得死呢？怎么就没人狠狠揍她一顿呢？

老李一家大小全上阵，挑豆子的挑豆子，推磨的推磨，压豆包的压豆包。做好豆腐了，老李推着小车出去卖。他喊：豆腐！可是豆腐的腐发不出来大声，传不远。他喊：豆——佛儿——！豆——佛儿——！也不是就他一个人这么喊，东北卖豆腐的都这么喊，只有这么喊，才能发出响亮清脆的大声，人家才能听得到。一帮小孩子跟在老李后面接话把儿。老李喊一声：豆佛儿！小孩儿接一声：斗佛有罪！老李又喊一声：豆佛儿！小孩又接一句：斗佛有罪！老李给他们撕一大张干豆腐，就全打发了。乐呵呵把豆腐都卖完，老李回家了，有时恰好碰到小红家鸡飞狗跳地乱着。他打算盘子算账，心里却骂开了，这败家娘们！这败家娘们！

小红的妈妈大年初一是这个样子的，穿一件白色大布衫子，外罩镶几道彩色牙子的黑色背心，梳旗头，踩花盆鞋。老李老婆早早起来去给房东拜年，一进屋，吓得哎哟一声，脱口而出：大过年的大妹子怎么穿个白大布衫子？小红妈妈一撇嘴，说：你看仔细啰，这是白色？这是正儿八经的深白色！老李老婆吓得不轻，磕磕巴巴地说了几句拜年嗑儿就走了。小红的妈妈随后就上街去了，回来的时候是几个人抬回来的，放在屋炕上。人家说，她摔了个大仰八叉。小红妈妈人事不省，几天之后的正午，她突然睁开眼睛，一眼见的是小红。小红抓着妈妈的衣袖子哭开了，小声儿叫：妈妈妈。她看了一阵子小红，咧嘴笑了，说：妈妈这回不吓唬人，可真要死了。小红哭着问：妈妈你为啥非要死呢？她起先没回答，就是看着小红，别转了头，叹了口气才说：不知道。

女人当天夜里就死了。听到小红不断线儿的哭声，老李一家，种打瓜的山东人马上明白了，都赶来帮忙。迎面撞上小红的爹，他们都吓了一跳。不是别的，他们全忘了还有这么个人了。后来老李老婆说，小红妈这几年作得太邪乎，我们都忘了她屋里还有个汉子了。

满
天
星

树冠如盖

讲一个张老三屯的故事。

张老三屯是个屯子，只有张老三一户人家的屯子。要说起来，整个莺歌岭，南北延绵百十里下来，这样的屯子还真有几个。独门独户，与别的屯子遥遥不相望，有的与比邻屯子鸡犬相闻，有的全凭稀疏过往的车马行人才想起来自己这一家还不算是天地独一份。张老三屯就是后一种。

张老三的媳妇张文氏一副小脚，真正的三寸金莲。这双小脚让她吃了不少亏，她站不稳，走不快，很多事情做不来。但是，这一双小脚并没有耽误她做好事。

有一年夏天，正是东北大地树高草长的时候，张老三赶马车去镇上，车上装着一桶自家做的韭菜花酱，那是一家商铺老早定下的。家里只有张文氏一人，这时候她还是一位羞涩聪慧的新媳妇呢。

张文氏这一天去村道上找鸡。她有十只母鸡，九只是很懂事的，去外面吃虫，回到家里下蛋，不用她怎么操心。张文氏给它们做了几个舒适的干草窝，母鸡们下了蛋，都舞舞扎扎叫上一阵，张文氏听到了，就放下手中的针线活，去窝里取蛋，还随手撒给母鸡一把小米。母鸡们领悟了这种奖励，下了蛋，高门大嗓地叫着跟在张文氏的身后，等着吃产后的第一顿大补。可是有一只芦花母鸡，不知道为啥，突然不在家下蛋了。张文氏发现之后，每天早起并不放它出门觅食，想是把它憋得差不多了，再放它，必定直接去干草窝下蛋。治它几次也就板正了吧，但并没有。这只芦花母鸡一旦自由了，便撒丫子往外奔，忙不迭地从栅栏缝隙挤出去，奔上村道，钻进荒草窠子去下蛋。张文氏也是没办法，只好甩着胳膊、迈开小脚慌慌张张追过去。这一天，张文氏尾随芦花越上村道的时候，似乎瞥到了一个什么长形的物件，也没仔细看是啥，她紧紧盯着前面那只花尾巴呢，不然芦花鸡跑出她的视野，她认不准方向，那莽苍苍的荒草窠子里的热乎鸡蛋，就是大海中一根冰冷的缝衣针了。等她找到鸡蛋，拿在手上，回转到村道，才看清那是一卷布，一卷月白色细布。结结实实一大卷子，可不是十丈八丈的，那是刚从作坊里的织布机上下来的布料，整匹布料，总得几十丈吧。

　　张文氏就站在那等。她看出来这卷布料是被人弄丢的，至于为什么这么大个东西掉了主人都不知道，她没去深想，她现在想的是，这一大卷子布料可不少，将它们做成夏天穿的短褂、长衫，一个几口之家，说用上十年可能夸张了，仔细点，缝缝补补着，七年八年足够了。张文氏一边守护着布料，一边替那不知名的主人担心。从骄阳似火的大晌午，直等到漫天火红的夕阳，张文氏酸汗出了一身又一身，脸蛋也被汗浸日灼得绯红，才见一汉子驾着一挂马车"嚯嚯"而来。估计那汉子远远地已经揣度了个大概，待看清眼前情景，便立马勒住缰绳，喝住马儿，跳下大车，二话没说先给张文氏作揖，一边叫道："大姐，你可救了我一命。不然损失先别说，单说东家怎么看我？我能说清吗？我还能继续跟着东家干吗？"

张文氏以为物归原主，这就妥了。那汉子却并不着急赶路，问这问那，嘴不停歇，张文氏一概默不作声。那汉子竟肩扛着布料跟她走到家门前，观望着房山头那棵巨大的核桃树，问道："活菩萨，这是你的家吗？"得到肯定答复，他心想，就一条村道的距离，这妇人虽是小脚，即便抱不动，拖着弄回家也不难呀。

那时候时间慢，早上日出，傍晚日落，没有大事发生。

话说十三年之后，有个路人送来一尊金粉佛像，自言受远方一老板嘱托而来，前因后果对上之后，还对张文氏说："一路上只见到这一棵神奇的核桃树，我就猜出那必是您的家了。"此时，这棵巨型核桃树照比十三年前更加茁壮，树冠如华盖一般，在半空中铺展，屋前屋后均已成荫。

这尊金色小佛也就半尺多高，精巧的佛龛中，佛爷盘坐莲花之上，右手悬出施无畏印，佑你无所畏怖；左手抵垂膝外，妥妥地送出与愿印，愿你心想事成。最是，佛爷双目、嘴角的笑意，慈悲宽容，令人心安。

从第二天起，张文氏每天给它上一炷香，一天不落。心中并未有明显意图，只是喜欢，仿佛佛祖下凡一样，起居一室，抬头即见，慈眉善目一亲人，倒叫人真的无心求告。张文氏每日拜三拜，敬上香，清香之气即盘绕而起，一天下来整个人都清清爽爽，气定神闲，无忧无患。

说起来其中缘由也不甚了然，张文氏每年四月十八，还是去庙上烧香，坐上自家马车，一路跑到镇上的大庙。求告的也都是寻常意愿，比如丈夫孩子没有病灾，田地收成合心合意，并不敢贪心妄想。

　　跪在佛祖脚下，张文氏也会为那远方的陌生老板祷告，自那日将佛龛抱在手上，便觉欠了那人的情义。沉甸甸的物件拿在手上，实实在在是欠下了。这世间大有些东西是无价之物，终是不能用金银衡量和计算的。由是，家中的一炷香火每天如同日出日落，从未改变。

　　那时候时间慢，一天一天地过，一年一年地活，没有大事发生，看起来日子单纯好过，确是留痕留迹地瓷实哟。

满天星

大洪水

　　松花江决堤了！起初，冲出来的水，可着街道那么宽，贴着地皮一条线平推，像有人赶着它们似的，吱吱跑——其实没有什么声音，但它的速度、气势，就仿佛配着声效一般，每个奔跑的人耳朵里都汹涌着轰隆隆的水声，也可能是心鼓猛烈的敲击声，或者嗷嗷大叫的喊声。洪水可是眼瞅着就追来了。老丫儿和妈妈掉转头往回跑——她们本来是去看江水的，担忧嘛，每天都去看的，这天还没到江边呢，就跟着人群往回跑。刚跑了几步，水就追到了脚后跟。然后，水就没了脚脖子、腿肚子了。都在跑，在叫，有人大哭起来，就像遇到了鬼，乱得不成体统。这时候老丫儿看到爸爸迎面跑来，她并不知道爸爸是怎么跑出来的，反正她看到的别人都是背影，爸爸却迎面而来，只有爸爸一个人迎面而来。爸爸一把抓起她，拉着妈妈跑回家，进了屋，把老丫儿放在炕上，水就跟着上炕了。就这么快。

　　老丫儿吓哭了。或者说这时候她才哭出声。她连滚带爬地跑到墙旮旯，将后背抵近犄角，两只胳膊屈在胸前，小手儿抓挠着纠结在一起，浑身哆嗦，哇哇大哭。老丫儿九岁，又瘦又小，看起来也就六岁的样子。小小的人儿，哭得上气不接下气。

　　爸爸把八仙桌扔到炕上，猛地推了一把，让它靠在间壁墙上，妈妈爬上炕抓起老丫儿把她放在八仙桌上。做这些的时候他们一句话都没说，就像是洪水一瞬间进屋，他们的配合和应对也是一瞬间就完成了。他们都没有哄哄哭闹着的老丫儿，他们什么都来不及，什么都顾不上。从浑浊的洪水中拔出腿来爬上炕的时候，妈妈才低低地发出一声："天呐！"

这一年是一九三二年，八月七日当日，松花江边一个叫马家船口的地方。隔岸就是哈尔滨市。这一年从七月份开始，连续下了二十七天雨，松花江决堤，洪水泛滥，一度在哈尔滨市内的街道上掀起十几米高的大浪。从此以后，历史留下了一个名词解释：哈尔滨大洪水。

不是没有防备，爸爸早就在房门前修砌了一座弧形小坝，还多灌了几个砂石草袋子预备着。小坝只有爸爸的膝盖高，最终洪水越过了它。

此刻浪头消失，洪水与老丫儿家的炕持平。

老丫儿的家是一块幸运之地，在一处高岗之上。这一片高岗与洪水在这一刻平衡下来，或者说发生对峙。没有人知道它是就此停下脚步，还是蓄势待发。

那是个不眠之夜，老丫儿最后睡在桌子上了。爸爸妈妈加高了小坝，淘了一宿水。老丫儿早上醒来的时候还在桌子上，她看见炕上堆满了杂物，屋里没有水了，留下黑乎乎的污迹。没有看到爸爸妈妈，她悄悄爬下桌子，站在窗台前向外看。

老丫儿吃了一惊。

窗外白茫茫一片，从前密密麻麻的房屋、街道、绿树都不见了。几棵榆树的树冠黑乎乎地在水中荡悠着。老丫儿打了一个冷战，呆了一下，一时间恍惚起来，仿佛她来到了一个新的地方，自己从来没到过的地方。她往前伸了伸脖子，看清楚极远的地方，有几块木板木方从水中支棱出来，竖着，或斜插天空。

爸爸拖着一只小船，蹚着齐腰深的水，向家门口走来。老丫儿喊："妈妈！"妈妈擦着手从外屋进来，又马上反身出门，帮着爸爸把小船拖进屋里。

这是一条小木船，第一眼看起来还不错，的确是一条船。老丫儿坐过这样的小木船，曾经在爸爸的帮助下，划过小木船。老丫儿走近小木船，船底一块狭长漏洞赫然入目，船壁上还有另外至少三块破洞。老丫儿突然洞悉了真相似的，指着破洞"哇"的一声哭了。妈妈把她抱起，她扭脸大睁着眼睛看爸爸，泪珠像是受到一股力量的拥挤，一颗一颗迸发，成串滚落，两只眼睛似乎更黑更大了，它们直直地盯着爸爸，一动不动。爸爸说："老丫儿老丫儿你别怕，爸爸一会儿就修好，给老丫儿修一个结结实实的小船！"老丫儿陡然减弱了哭声，眼睛还是不肯离开爸爸。

爸爸进里屋，从一个旧箱子中翻出来一团麻，又去厨房取来猪油，端来半盆石灰——爸爸笑了，对妈妈说："我还怕找不到石灰呢，寻思别是早就使完了，一点没剩。"爸爸把麻撕开，放到盆里，兑上猪油，上手和。全都和匀了，他开始摔打。盆子里的东西起初平摊在盆底，粗糙、松散、破裂，摔着打着，它们逐渐凝聚，均匀，渐渐润泽，慢慢有形。爸爸继续摔打它，它从扁圆形变成方块，再被压成长条，又团成球，就这样反反复复。然后，爸爸把它抓在手上，举起来，递到老丫儿跟前，说："闻一闻，揪一块。"老丫儿凑上去，她闻到一股味道，可她并不知道那是什么味道，抓在手上又滑又腻，她一块儿也没能揪下来。爸爸呵呵笑出了声，回到小船前，把手中的东西捏成一根一根的长条，填充在那些狭长的破损处和块状的漏洞里。他用一根木勺柄压实，全部压实之后，再重新填充。这一次，他没有用木勺再压平，他用手抹平，并不断地向外抹，一直抹到没有破洞的地方。然后他说："妥了，嘎嘎结实，啥都不怕了！老丫儿你就说吧，想上哪儿？爸爸划船带你去。"妈妈问："能沾水吗？"又自言自语，"许是不行吧？"爸爸瞪了妈妈一眼，又偷偷看了看老丫儿的脸，说："怎么不行？好着呐！什么水啊火啊，它现在啥都不怕。"他洗了手，点燃一根烟，接过老丫儿，坐在一个矮凳上，爷俩一齐看着它。

那的确是一条船了，至少看起来是那样。

接下来的一整天，爸爸除了出门瞭水，回到家里就守在小船边抽烟。

几天之后，老丫儿爸爸去城内办事儿——他得先去当铺，再去找吃食，天黑了还未归。家里只有一点儿二米捞饭，不大够吃。要是给爸爸留出一份来，另两份就更没有几口了，如果三个人一块吃，倒是能匀出三碗来。妈妈怕老丫儿喊饿，就打发她坐在门边等爸爸。

洪水退了些。老丫儿坐在门口一个木架子上。星星开始闪烁。不知道是不是地上的水太大，太多，映衬得天上的星星清亮透灵。天空那么蓝，那么远，那么深，好像也有一条大江，大倾大斜在天地之间，却真的不知道是自天垂落而下，还是从地下腾起狂奔向苍天大肆铺展。好看，却冷，还让人害怕。老丫儿把腿收到木架子上，身子伏低，张开双臂搂住腿将自己揽在怀中，挺起下巴，整张脸仰在夜空之下。一股小小的夜风撩乱了她几缕头发，她没有管它们，她痴痴地望着天空，望着那无边无际、又深又远的蓝。然后，老丫儿听到了爸爸的脚步声，它们越来越近了。老丫儿颤声问："爸爸？"一个深沉的声音传来："嗯。"

小船还在屋里。爸爸没用过它，从来就没用过它啊。

很多年以后，老太太讲起这个故事总会说："我家小船双桨。我爸爸说了，老丫儿，双桨小船稳当，你想把它弄翻它都不翻。"

她从来不曾怀疑爸爸的话。一辈子都没有。

醉　猫

外屋地哐啷一声，一股冷风蛇行钻进东屋门缝儿。"这天儿，嘎嘎冷，屁股沟子冻冰凉！"话落门开，一个大块头一步跨进来，一把揪下狗皮帽子撇了，直奔火盆。他在炕沿边站定，转个身，将屁股蛋子对准火盆，黑棉裤撅了出去，几乎贴上火盆边缘。闷在火盆里的火炭起着一层白色炭灰，老杜义伸手拿起火钳开始翻动，火盆内立马一片粉红，一股热浪圆鼓鼓地腾起来，逼出大块头身上的寒气，老杜义、老杜义老婆、老杜义小儿子被激得一齐哆嗦了一下。

"他赵大叔可是有日子没回屯啦！"老杜义老婆想着那白眉毛白胡子必是化成一脸水了，挪蹭着要下地取手巾。老赵的手已经缓过来，双手往脸上抹了两下，随即去大腿两侧擦了。这才坐炕上，扒下乌拉，盘上腿。老杜义老婆又原道儿退回去坐定。

"好家伙，一家子倒会享受呀，热炕头烙上了。"老赵架着两个胳膊凑向火盆。

"这不刚上炕嘛。"老杜义老婆呵呵笑了。老杜义和儿子没吱声。

老杜义身后，炕头旮旯盘着一只猫，此刻，它偷偷起身，弓了背，竖起尾巴，只在尖儿上卷了个小钩。它贴着间壁墙无声前行。老赵接过老杜义递过来的锥形白瓷小酒壶，掐着它的细脖子仰脸搁了一口。老猫已到炕沿儿，放下尾巴，拖在身后。它并未作停留，一跃，向地上跳去。老杜义突然一回身将它拦腰兜住，拖到怀中。这是一只大狸猫，贴脊骨一条窄窄的黑毛从两耳间一直到尾巴尖儿，其余全是黑灰相间的细密花纹。老猫个头很大，刚好是老杜义一满怀。它没挣扎，但黄眼球正中间的细缝突然裂开，一双黑晶晶的亮眼登时瞪得溜圆。小酒壶重新攥在老杜义的左手上，他右手探过老猫脊背，从它颈下绕上脸颊，拇指和食指打开夹住老猫的两腮。老猫的嘴张开了，小巧洁白的利齿一闪。老杜义将小酒壶抵上去，灌下一口六十度小烧。老杜义一松手，老猫嗖地跳下地，老杜义小儿子跟着跳下地。他跟头把式地冲过去开屋门，又开房门。

大烟炮咆哮着从门灌进来，少年缩着脖子急忙关门，又不甘心，他等了等，侧身拽着门拉手把门开了条缝。大烟炮把前屋房盖上的坡形积雪轰了下来，坠落中搅起漫天白雾，纷纷扬扬什么都不见了。老猫不见了。

东屋南炕上俩男人唠着男人间的事情。老杜义老婆又忙活去了，她整天都有忙不完的事情。少年跳上炕，像老猫一样蜷在老杜义脚边。他从未见老爹有这么多话。少年也入了神，脸上渐渐现出一惊一乍的模样。后来，不知道多久以后，两个人的声音越来越远，越来越模糊，少年睡着啰……梦里老猫在雪雾中穿梭，森林里静悄悄，偶尔有榛鸡发出暗哑的咕哝以及笨重地飞翔所带出的声音。老猫匍匐在一根树杈上，目光平静而锐利，只有胸脯上的毛簌簌颤动……

外面飘起雪花，老杜义小儿子激灵一下醒了，他再次跳下地，屋门摔得噼啪乱响，他冲出房门。老猫将口中的榛鸡放在地上，从他脚边溜进了屋。他捡起榛鸡埋到雪窝子里。

掌灯的时候，两个男人手里捏着小酒盅，话终于说尽了。灯影中两人无语，低垂着头各自想着心事。炕桌上的盘中物凌乱。

少年在厨房看着母亲。老杜义老婆用剪刀把榛鸡脖子剪开，拿刀将一段皮毛和肉仔细分离。然后，抓着那段分离的皮毛，一点一点向榛鸡的身体部分撕。很快，榛鸡的皮毛整体被扒了下来。榛鸡小得不可思议了。她把榛鸡开了膛，掏出内脏，鸡嗉子破裂了，少年看到鸡嗉子中满满的橡子。他吃了一惊——他每次都是吃一惊。少年的思绪跑开了，少年暗暗磨着牙，不能想象榛鸡为什么吃带壳橡子。他母亲此时已经把榛鸡的骨架下到沸腾的锅中，香气从木质锅盖下面飘溢。她用刀面和刀背轮番拍砸榛鸡肉，拍成肉糜，放在一只小盆里，又在手中变成一个个指甲盖大的小圆球。母亲指指东屋，让他回到炕上去。

一大瓮飞龙珍珠汤端了上来。两个男人即刻精神百倍，话匣子再次开启，和漂浮在大瓮上的白气一起四处游动。

"喧亮！"老赵叫了一嗓子，"天上的龙肉，地下的驴肉嘛。"

"呵呵，飞龙啊？"老杜义不信。

"知道不？就是这个龙。"老赵笃定地说，"在早，这是贡品呐，皇上吃的。"

喧亮个屁！连个鲜亮都不会说。老杜义小儿子心里骂了一句，脸上现出一个不屑的表情，谁都没发现。这一阵子他总有一点莫名其妙的火气。少年从口中吐出一枚榛鸡丸子，用手擎了伸到炕桌下面去。小手张开着，小丸子在手心儿上。老猫睡得深沉，酒

116

劲儿从心上走到它的头上去了。于是，那只小手就把小丸子运到手指尖上，轻轻放在老猫的嘴边，鼻子下。

坏　人

　　李三乍到陶赖昭时是个十八岁的山东小伙子，又高又壮，给铁路干活。因为能吃饱饭，浑身上下全是劲儿，怎么也使不完。一天的重体力劳动把大多数工人累得抓不住饭碗，李三没事，还有没用完的，憋得慌，他便找乐子发泄，去捉弄陶赖昭七八岁的小孩子。

　　离陶赖昭站不远处的一段松花江，江面宽阔，水大浪急，奔腾起来怪吓人的。岸边有些泡子，雨季就和松花江贯通了。不是雨季，那些泡子一个个或大或小各自独立，岸边长满绿草和一墩墩柳树条子，鸟语花香，是个好地方。泡子沙子底，一律都有一个巨大慢坡，只有泡子中心才深不可测。话虽这么说，实际上，从岸边往下走，越来越深，五米左右就能湮灭一个十岁左右的孩子，只是水面平静，小孩子爱在那扑腾水。出于本能，他们不敢往深处去，都在岸边两三米内玩耍。孩子多的时候会看见池塘里的青蛙似的景象，在岸边水中趴伏着一溜小黑脑袋瓜子。也有那不知深浅的莽撞孩子，还不能在水中自由自在的时候，偏偏学了大哥哥们的样子，去泡子深处甚至松花江中搏击，却再也回不来了。每年都有几个孩子溺亡。所以小孩子们扑腾水，心里都揣着一只兔子，不管多快乐，多疯，也都哆哆嗦嗦的。

　　李三知道这一点，他就是奔这个来的。

放了工，吃了饭，别人都乐意凑在一起闲扯或者推牌九，李三直奔泡子。小孩子一见他就炸锅，就像池塘的青蛙受到惊吓一样，四处逃窜。李三哈哈大笑，快活得不行，扔衣服下水捉他们，一手抓一个，把他们先搂在怀中，再一抖，小孩子立马被放倒，借着水的浮力，李三把小孩子拨到腋下夹住，然后站起来往深处走，走到将要没了他的腋下时，已经离岸边五米开外了，他一撒膀子，把小孩子扔水里。小孩子疯了一样，拼命扑腾四肢，李三站在那看他们狼狈的样子笑得活像一头大叫驴。笑一阵他就大声吆喝一阵，机灵的孩子马上听他吆喝，按着他的指点划动四肢，掉转方向，往岸上游。笨拙的呢，冒几个泡就沉下去了，李三也不怕，他一个猛子扎下去把孩子搭救出来，扔岸上趴着去，他不再管了，任由小孩子哭哭啼啼直吐苦水，李三又去逮别的小孩子去了。就这么几次三番地折腾，泡子里哭叫声此起彼伏，水鸟都不敢落下来了。也怪，小孩子怕他，却也并不跑多远，好像又都等着他来逮似的。李三真的奔自己来了，小孩子抓住岸边伸入水中的柳条子不撒手，嗷嗷叫，及至被扔水里了，立马全心全意听从李三的指挥，自己往岸边扑腾。不出几次，小孩子就会游泳了，而且越游越好，也越胆大，终于有一天，他们自己偷偷去松花江大浪里去游活水去了。

小孩子第一次在松花江中畅游，登上岸来之后都有一种奇妙的感觉，自己也说不清道不明，仰身躺在岸边喘粗气，心上突然有个冲动，脱口而出：我Ｘ！这可能是他平生第一次爆出粗口，觉得挺神气，也非常兴奋。他爬起来往家走，躲开众人，走一条无人的荒僻小路，突然发现满眼都是新奇的景致，就是平常见过的东西，也都变了样了，变得好了一百倍，变得仿佛从来没见过似的。一只金色蝴蝶在他前面轻佻地上下翻飞，他的眼神也上下翻飞地追随着，看到蝴蝶划出一个不可思议的线条，他轻轻叫声：我X！撒开双脚追了过去。两只蜻蜓咬着尾巴在他头上飞，碎影倏地一下在亮晶晶的草尖儿上闪过，他像是吃了一惊，仰头大叫：我X！草窠子里一只灰色野兔受到惊吓，跳将出来先撞了他的小细腿，仓皇逃窜。他站住，发出狂妄的大笑，然后静下来，好半天不动，呆呆地寻思：是真事儿？不是做梦？我在松花江里游水了？他用他的小脑袋瓜子又仔细回想了一遍，这样，李三就在他的脑子里登场了，那个坏人从此变成他喜欢的人了。

过了几天，李三又逮住一个小孩儿夹在腋下，他不哭不叫，倒叫李三好生奇怪了，低头一看，发现小孩儿在他腋下也盯着他看呢。李三以为这是个傻大胆，就成心吓唬他，把他扔得更远一些。小孩子一落水，骨碌翻了一个身，平躺在水面上，双手双脚啪啪拍打水面，像一只小船渐行渐远。只见小孩一边拍打水，一边叫他：嗨！李三，你来呀，你抓我呀！嗨！李三，来呀！李三哈哈大笑起来，叫骂道：你这个小杂种，你骗了我啊！小孩子没再出声，他盯着蓝天，盯着白云，看了一会儿，眼睛湿了。他的声音小小的，却十分清晰，就好像是对自己说：我一辈子都忘不了你呢！说完他必是害羞了，一翻身，钻到水底，游走了。

修 行

　　时间是个榨汁机，把人榨干。老张太太干、瘦、黑，炭块似的。她老得没了牙，老张头可是满口白牙，他专拣她的痛处扎。秋白菜刚下来，绿莹莹的大叶子，一个一个小蒲扇似的。儿媳妇蒸好了二米饭、土豆，端上大酱、葱段、香菜段，最后上一摞让人看了就眉开眼笑的白菜叶子。老张太太没有动筷子，只是看。老张头就在老太太的眼皮底下拿过来一片叶子，在饭桌上铺展开，从酱碗中剜出一筷子大酱抹在白菜叶上，然后依次放上米饭、土豆块、葱段、香菜段，垒成一个小柴火垛的样子。一切妥当，这才停住手，抬起头，朝老张太太"哼"了一声："你看着啊。"再次上手，把白菜叶边儿拾起，向中心方向聚拢，最后双手合住、捧起。白菜碧绿的叶子把饭菜包裹得严严实实、鼓鼓囊囊，手里捧着个小肥猪似的。小肥猪被老张头送到了嘴边，他张大嘴巴，带着响的"吭哧"一口咬下去，诱人的酱香葱香菜香一股脑地弥散开来。老张太太举起抓在手中的小手巾，擦了擦嘴角，一扭身下地了。不一会儿，叮叮当当，菜刀剁菜墩儿的声音。老张头闭上嘴斜着眼听了一会儿，也下了地，手里的菜包没舍得放下，他直奔厨房。老张太太正在剁葱和香菜，干瘦的小臂在挥舞，刀下的葱、香菜越来越细碎，就要变成菜末儿了。老张头凑到她跟前，又"哼"了一声："你看着啊。"他先龇牙亮了一下一口齐整的牙齿，然后向着手里的菜包"吭哧"一口，"真香啊。"一双鼠眼小豆子一样在深陷的眼眶中来回轱辘个不停。老张太太突然泄了气，把刀用力劈进菜墩儿，转身出去了。

老张太太去了菜园子。饭是吃不下去了，老糊涂给搅黄了。老糊涂年轻时可是个能干的精明人，要不人家怎么说他是赚钱的耙子，她是攒钱的匣子呢！可是这个耙子是散了架子了，老糊涂了，变得又疯又傻。

"死老婆子，你躲园子里思野汉子呐！"老张头猫着腰，手操菜刀追过来。老张太太远远地看着他。老糊涂上半身已经抽巴得没多少了，又硬僵僵地向前探出挺远，两条罗圈腿显得更细更长了，像一只不会飞的大鸟，一路扑棱棱打着趔趄。老张太太不躲不藏，她等着他，等他齁拉气喘地扑上来，伸手破了他的劲儿，夺下菜刀。她转身又走了。回屋牵上俩孙子出了大门，一路向西去，奔西大道。儿子赶着自家的大马车出去拉脚已经十天了，是个熟人活儿，算计今天头晌能到家，傍晚了也没回。自从九一八事变后，麻烦事总是不及人所料。老太太要迎一迎儿子。

老陶赖昭有两座庙，一东一西，屯子东头老爷庙，住着和尚；屯子西头娘娘庙，住着尼姑。庙会就设在两庙之间。赶庙会时，屯子人都带着孩子去庙里烧香。今天是平常日子，很肃静，又是傍晚时分，更是没有人迹。

夕阳投下一大片显眼的金光，屋宇把黑色的影子放得大大的映在地上。娘仨沿着娘娘庙的西大墙走，老张太太的身影、孙子的身影也大得离谱，长长地拖在地上。两个小孩迷住了，闭上嘴，屏住气息，小心翼翼地前后左右腾挪，追踪自己变化多端的影子。突然他们站住了，地上出现了新的影子，不是自己的，也不是奶奶的。是两个人影，一高一低，都是圆圆的头，没有头发也没有辫子，剪纸人儿似的分不出上衣下衣的直筒大袍子。它们从大墙的另一侧投过来，转折的墙角遮住了老张太太和她的孙子。所以影子的主人并不知道这个时辰，屯子边儿的庙外还会有人。影子静静地相对着，或者相望着，另一侧的祖孙俩也静静的，他们盯着地上的影子，呆了。那样圆的脑袋，那样长的袍子，那样一个魁梧的身板和一个娇小的溜肩膀，都是他们日常熟悉的，分明一个和尚一个尼姑嘛！两个小孩"唉唉唉"惊叫起来，因为地上的影子突然向一起靠近，两个圆圆的光头瞬间贴在一起，又在孩子的惊叫声中"倏"地分开，消失了。大孙子茫然地指着刚刚还在、现在什么都没有了的光板儿土地："和尚和姑子亲嘴啦。"老张太太的手"啪"地打在大孙子的后脑勺上，猛牵了他们的手，继续向西大道走去。站在大道边望啊望，没有车形人影。老张太太叹口气把孙子拉在身边，说：

"刚才见到的，别和别人说。"

"为什么不说呢，奶奶？"

"出家的这些人啊，有的并不是自己乐意的。"

"不乐意为什么要出家呢？"

"终归是有缘故的，一时由不得自己啦。"奶奶用力握了握掌心里孙子的手，又向大道尽头望过去。

萨布素的信使

杨阿福接过公文套封，上面赫然写着"马上飞递，六百里加急"。杨阿福从上司的眼睛里读到了不容置疑的肃穆，他不由自主地挺直了肩膀。

这正是北方最寒冷的时候。大烟炮轰隆隆一阵紧似一阵地冲撞着驿站的窗户，它们从西伯利亚来，裹挟着野蛮霸气的寒流，一路横扫贝加尔湖、黑龙江、乌苏里江，可以在不到一个时辰里把人畜冻成冰坨。而且……这些都不算什么。

杨阿福两只穿着厚重乌拉的脚摆成八字，皮腰带深深煞进腰间，把臃肿的驿服整饬得威武，公文套封扎实地捆在背上，他目光沉静地望着等待他的马。

这时候，"大烟炮"骤然停止。

那是一匹蒙古马，通体闪着枣红色缎子般光泽的儿马。它鼻孔喷出两股白气，忧郁的眸子与杨阿福黑亮的眼睛对视。杨阿福一边的嘴角挑了一下，轻声说："伙计，这一次是六百里加急，换马不换人。我阿福可是把脑袋别在裤腰上了，第一程怎么跑，你看着办吧。"枣红马立刻嘶鸣起来，健硕的肌肉水波纹般涌动。杨阿福飞身而上，高喊一声，马像离弦之箭飞出。

"大烟炮"重新刮起，四只矫健的马蹄在暴虐的疾风中酝酿一股神奇的铁流，滚涌着向南，一直向南。

官道上没有人车的影子，杨阿福在沉寂的莽林中疾驰。孤寂和恐惧随着耳边的风纷纷退去，他的心紧跟眼睛死死盯住前方，他不断地策马，奔向下一个驿站。

远远地，驿站的屋檐在杨阿福的眼睛里起伏摇曳，杨阿福吞了一口唾沫，把前倾的身子挺直，声嘶力竭的喊声震颤着在寒冷的空气里传播："六百里加急，换马不换人！"立刻，驿站里跑出几个人，一名高大的驿卒挺身迎上，双手牢牢攥住缰绳，整个身体倾斜着向后压下去，枣红马蹄下拖起一团雪雾，驯服地停下来，稳稳站住。四名驿卒迅速站到枣红马两侧，麻利地解开马鞍的种种襻扣，连同杨阿福一起高高举起，枣红马立即被牵走，一匹驿马随后补上，杨阿福重新落座马背。此时，他刚好吃完驿站送上的两块酱牛肉、一壶滚烫的烧酒。杨阿福心中的血气重新燃烧起来，他紧紧腰带，双腿猛地一夹，马儿飞奔而去。

杨阿福继续在沉寂的莽林中、险峻的高岗上疾驰。对于他，黑夜和白昼没有分别，虎狼的吼声和暴躁的风声没有分别，他的心紧跟眼睛死死盯住前方。过几个驿站，喝几壶烧酒，杨阿福没有记忆，他只牢记他必须在规定的时间内完成任务。现在，他的眉毛结了厚厚的霜花，脸上一层透明的冰晶，驿服成了冰雪的铠甲。他的双脚铁钎般插在马镫里，两条腿没有任何知觉，持着缰绳的左手一点一点僵硬，右臂却异常灵活，他目视前方，不断地扬鞭策马。

第七天。

天际呈现一片雄伟的红云，浩瀚而庄重的紫气弥漫了整个东方。杨阿福长叹一声："到了！"北京城已然在望，最后一个驿站映入杨阿福的眼帘，他看着驿卒奔向自己。在驿卒的眼里，杨阿福像一座大理石雕像凝固在高高的马背上，顷刻之后，又像一座冰山一样轰然倒塌。

史料：

16世纪中期，沙俄不断入侵中国黑龙江流域。清朝多次出兵征剿，引发了第一次雅克萨之战。不久，沙俄势力又到雅克萨城盘踞。康熙二十五年（1686年）2月，黑龙江将军萨布素又一次奏请出兵，3月6日康熙下旨，命萨布素迅速攻取雅克萨城，经过三年浴血奋战，清朝取得第二次雅克萨之战最后胜利。康熙二十八年（1689年），萨布素作为清政府谈判代表参加了《中俄尼布楚条约》签字仪式。规定以外兴安岭至海格尔必齐河和额尔古纳河为中俄两国东段边界，黑龙江以北，外兴安岭以南和乌苏里江以东为清朝领土。

《尼布楚条约》的签订，挫败了沙俄跨越外兴安岭侵略我国黑龙江流域的企图，使东北边境在以后一个半世纪里基本上得到安宁。

……

手艺人

佟六十的名字是老法子，他出生那年正好他爷爷六十岁。爷爷说，学个手艺吧，一辈子饿不着。佟六十就成了个皮匠。

三十岁之后，佟六十有了自己的皮匠铺。

猎户老黑拿了个整张狗皮裹挟着一股雪粒子进了佟皮匠铺子。他自己的猎狗，不小心被同行误杀了。一张狗皮铺在台面上，像只毛茸茸的大黄狗四腿分劈趴在那儿。佟六十叫了声好，伸出手饶毛拂了一遍，风吹六月麦地一样，"唰"地仰倒又回折，掩藏在长毛下面的米黄色茸毛密实又干净；佟六十再顺毛捋了一遍，褐色的大毛尖油亮亮地更服帖。佟六十瞭了一眼老黑缺皮少毛的破旧狗皮帽子，说，瞧好吧！拿过软尺量了老黑的尺寸，老黑没有二话，转身走人。过个十天八天的，老黑去皮铺子，一个暄腾腾的新帽子等着他呢。乐和地戴头上，放下两个长长的帽耳朵，在下巴底下系好扣子，又厚又软的毛严丝合缝地护着他的脸，恰恰露出两只眼睛来，真叫一个奇巧啊！老黑大喊大叫地表示合心合意，付了钱就走，佟六十叫住他，扔过来一捆皮条子束着的边角料。老黑说不要了，给你絮窝吧。佟六十说，拉倒吧你，穷了吧唧的，难不成我还赚你点料吗？都拿着，让老婆给你缝个腰围子手闷子啥的，我都掂对好了，几针就妥。剩下啥也不能干的，你把狗毛褪巴褪巴，熬汤喝吧，哈哈哈——这后一句是逗闷子的。

老黑也就不推托了。

老黑前脚刚走，后脚田二爷胳肢窝夹着紫貂皮就进来了。田二爷进屋不开口，紫貂皮也不放下，照夹不误，四处撒眸好一会儿才趋近佟皮匠的木桌台，突然曲了那只空悬着的胳膊，"唰唰"棉袍袖子来回擦了两下，才把貂皮画轴一样展开在台子上。田二爷也是来做皮帽子的，只是这皮不是那皮呀！佟皮匠并不碰那紫貂皮，也没多看一眼，后退半步动手先高挽了衣袖，利落地露出修长的双手，再"啪啪"带着响地抿了抿袖口，甩了甩灵活的腕子，这才上前拿了软尺给田二爷量尺寸。也不等田二爷费心张嘴，明白这样的主儿必得当着他的面剪裁。只见佟六十端详着那貂皮，突然上手猛地翻转过来，平展展的白皮板，芒硝和兽皮的混合味道聚起又消散。皮匠一手执木尺，另一只手画线，十指翻飞，身子俯仰腾挪，不消一会儿工夫，皮板上画满了长长圆圆宽宽窄窄的图样子。皮匠直起身盯着大窗子前飞舞的灰尘，待它们都消停了，将木尺抵住画在皮板上的灰线边儿，操起裁刀，运起腕子，刀可就下来了。似乎并未用力，皮板跟在裁刀锋刃之后齐刷刷分开。把把落实，刀刀贯通，绝不拖泥带水。佟六十虽然好手艺，但毕竟摆弄的是紫貂皮，富丽昂贵，下手分外有斟酌，一刀下来，必再补上一刀，力求每一刀都妥妥帖帖。用于修正的补刀总是切下又细又窄的废皮条子，佟皮匠顺手捡起来放到口中，用舌头呷巴呷巴，再用唾沫团巴团巴，"噗"地吐掉，地上就出现一小粒耗子屎样的东西。真是个坏毛病，佟皮匠一刀一刀地切，一口一口地吐。田二爷是个干净人，看得直恶心，那也一直坚持着没有扭转头，时时刻刻地盯着佟皮匠的双手。直到佟六十裁剪

满天星

完，田二爷起身翻检一遍，心里默记块数及形状和大小。此时，台面上除了那一堆成料，还真不剩啥了。田二爷背剪了手，迈着方步稳稳地离开了铺子。过了数天，田二爷再次登门，这时候佟皮匠已然做好了帽子，只等上帽衬了。田二爷拿过帽子翻过去按着皮块之间缝合的茬口暗暗在心中比对，块数形状大小都不差什么。田二爷点了头，佟六十这才上了帽衬里子，三下五除二的事儿，齐活儿！田二爷心满意足地拿着新帽子走了。

正月十五大白天，来了个秧歌队，村人都出来看热闹。田二爷遇上了佟皮匠，他一眼就看到了佟皮匠头上崭新的紫貂皮帽子。怎么这么眼熟呢？和自己头上戴着的新帽子仿佛是一个貂的呀。两人互相拱了拱手就分开了，佟皮匠专心去看大秧歌儿，田二爷却心思乱乱地无法安稳，盯着佟六十的背影寻思：怪了，没错眼珠儿啊，咋回事呢？

山　民

　　腊月十三晚上，刮了一天的大烟炮终于停了下来，纷纷扬扬的雪花马上弥漫了整个山谷。在火炕上憋了一天的大列巴终于往起爬，又黑又糙的大脸更像暄腾腾刚出炉的大面包。楞场攒下的老寒腿和有老伤的肩膀、后腰都被他在滚烫的火炕上反复烙得舒坦了，人就轻松得只想乐和乐和。他系好乌拉往外屋走，在火炉的铁圈上烤土豆片的大列巴老婆骂他一句："怎么没用铁锹撮，你就起来了呢？"大列巴没回嘴，一边活动着一身起死回生的筋骨，一边说："不管你们娘们啦，我找酒喝去！"话音未落，门咣当一声关上了。

　　大列巴咯吱咯吱踩着雪，琢磨去哪儿。老哥们刘铁头家不能去了，人家全窝端，拖家带口关里过年去了。大列巴转过那口辘轳井往西头第一家去了。他拽开房门，满屋雾气，半天看不见人。"他叔好口福。"等了一会儿，大洋马的老婆大声说，这时候两个人的头都从水蒸气中露了出来。大列巴的鼻子早认出杀猪菜的香气，此刻又眼睁睁地看着大洋马老婆从大开的锅里盛菜，藏不住满心的欢喜。大洋马听声从里屋迎出来，两口子都乐呵呵的，正盼着能来个把人分享呢。

　　"哪来的血肠？"大列巴呵呵地问。

　　"张家窝棚今儿个冒着大烟炮杀了一头猪，赶巧我去结山货

满天星

账碰上了。"大洋马拉着大列巴进里屋。

两个人很快上道，喝着滚烫的老白干，天南海北地一通神聊，大洋马老婆和儿子丫头听得入了神儿，蒜泥儿就着血肠，白肉片子炖酸菜粉条，似乎比平日里香了数倍。

喝了多少？喝了多久？就没数儿了。他们不太讲究这些，猫冬呢，日子就是吃饭睡觉两件事情，反正结果是睡觉，喝与不喝，喝到什么程度都无碍。大列巴摇晃着身子走出大洋马家时，大洋马的细心老婆叮嘱大洋马："他叔没少喝，你给他送回去吧，记住了，送到家。"

两个人在寂静的夜晚里走着，雪不知什么时候停了，有月亮，到处都是清虚虚的光，路反而不难走，但路上的两个人行进十分缓慢，他们时不时停下来喁喁私语，偶尔大着嗓门拉拉扯扯，有时两个人黏在一起打趔趄，有时又像赌气似的一前一后隔上一段距离。浓烈的酒味转眼就被冻僵了，无法传播。路变得漫长，却也总算站在大列巴的家门口了。

"你再跟着我，我跟你急。"大列巴大着舌头指着大洋马。

大洋马哈哈大笑："可算把你整家门口了，赶紧回屋吧，我可得回了。"

大洋马说完，突然感到奇冷，贴身衣服冰凉，他打个激灵，酒似乎也醒了，转身一路狂奔，又高又壮的个子，真的跑出个洋马的气势来。

山谷的早晨先是被拉套子的牛马撞醒，过上一会儿，嘹亮的卖豆腐声揭开了新的一天，然后，勤快的山里人进进出出，倒尿盆、抱柴火、扫雪、喂鸡、喂猪，日日几乎如此。今天的早晨嘈杂起来，有人跑到大洋马家问昨晚见到大列巴没有，他一宿没回家！

大洋马两口子立刻脸色煞白，起身加入了寻找大列巴的队伍。大洋马带着人，一路模拟、描述昨晚的情形，重新走到大列巴家门前。仔细察看已经被人踩烂了的脚印，大洋马似有所悟，带着大家从大列巴的门前朝南走下去，一直到河边。他们终于看到越来越清晰的雪地脚印。在河道上，雪地脚印变成杂乱无章的一个大圆圈，最凌乱处，傍着一株河柳，大列巴浑身僵硬地坐在树下。

这个事情的结果是，在德高望重的老把头宋大爷的主持下，大洋马把自家一头大黄牛、一匹蒙古马、八张熟好的貂皮都给了大列巴老婆。大洋马家因此赔了个底朝天。

几年过去了，大列巴的儿子长大，借助着大洋马家的赔偿，家境竟然兴旺起来，倒是大洋马家元气大伤，熬日子。这时候大洋马的儿子二十岁了，大列巴的女儿刚好十八岁。还是宋大爷先起的意，想成全他们两家做成亲事，来个彻底圆满的解决，没想到，不同意的却是大洋马两口子。宋大爷把大洋马两口子叫到跟前，问："是不是当年赔得太多了，你们有怨气？"

大洋马两口子一脸愧疚，赶紧哈下腰回道："不是啊大爷，人家一个顶梁柱没了，赔点东西算啥？我们是没有了，要是还有，心甘情愿都赔人家。"

"那你们不明白我的意思吗？两家做成了亲事于你们是有利的呀。"

两口子互相看了看，大洋马的老婆上前一步，她说："不瞒您，宋大爷，不过咱哪儿说哪儿了。当年，的确是我们没把人送到屋里才出的事儿。可是，爷们一宿未归，做老婆的竟然能踏踏实实睡一晚？这样的妈带大的姑娘，我们不娶。"

良 方

　　王生在哈尔滨蹲笆篱子的时候，并不知道自己将来会怎么样，他也不去想，他铁了心要把眼下的事情一件一件扛过去。上大刑的时候只琢磨如何少遭罪，他的招子是自己憋气，憋一口长气，把自己憋死过去，疼痛没了。被凉水激活之后，人家问他把偷的珠宝藏什么地方了，他想了半天，说记不住了。他没撒谎，真忘记了。很多年之后他还琢磨过这回事，他发现一个人如果被狠狠毒打、被狠狠恐吓，毒打和恐吓超过了极限之后，就会忘记很多重要的事情。有些永远忘了，有些会因为一些缘故重新想起来。

　　和王生同监的是一个中年男人，须发全白，鼻子和嘴长得极为方正，眼神不好说，挺复杂。王生被扔进来的时候，趴在地上，就瞭一眼，他立马明白这人不是一般炮儿。两个人谁也不说自己的事儿，就扯闲篇儿。

　　俄罗斯姑娘好看，就是太凶了，一般人扛不住吧?

　　黑龙江这个地方鱼好下口，刺儿少，不麻烦，可不鲜灵，味道怪。

　　他们就聊这些，有的没的胡说一气，互相试探，挨时间。每当听到走廊里有开铁锁、拉铁门和吆喝、哀号的声音，两人呆上一呆，一摊手：完犊子了。另一个做出一模一样的动作：嗯，完犊子了。

满天星

有一天，走廊里哀号和呵斥此起彼伏，折腾一天。脚步声一度来到他们的门前，没停下，紧接着隔壁号叫起来，一会儿拖拖拉拉从他们的门前过去了。白胡子说：指不定明天就轮到我们。王生没说啥，他认命了，爱咋的就咋的吧。

半夜，白胡子把王生推醒，说：我给你个药方，你要是出去了，靠它能整个衣食无忧。

王生说：这么厉害吗？一个方子就妥？

白胡子说：对。

可我没纸没笔呀。他都忘了他大字不识几个。

要啥纸笔，搁脑袋瓜子记！

方子上的草药不多，四种，王生全背下来了。他仔细地听着白胡子讲解怎么配伍和对症，他相信白胡子没骗他。他为什么相信呢？王生说不出来理由，就是相信。就像他必须对此有所回报一样，他相信做人就得如此，有来有往，一还一报，天经地义。也就在这会儿，他打捞起自己神秘的记忆来了。

他说：老弟也有交代。如果你出去了，你去江桥啊——他指的是哈尔滨松花江铁路大桥，你记住了，你正脸面向桥头，左手江边有一棵老柳树，爬上去就可以看到一个树洞，里面有好东西。白胡子没有重复，只嗯了一声。王生猜他记得牢，江湖人，都有自己的招子，不用废话。

白胡子猜中了，第二天他被拉了出去。监室里只有王生一人。一年之后，王生被放出来。他后半夜取了珠宝，天明就贱卖了，然后登上一列火车，在一个叫牡丹江的地方下了车。他没着急出站，在站台上，一直盯着火车带着他的所有过去飞驰而去。

王生到牡丹江之后正好遇到中东铁路哈尔滨地亩管理局发放地号，他买了一块地，盖了一间平房。他的房子在水道街，紧挨着最热闹的长安街。他开始给人治疗各种咳嗽，不过他没有挂招牌，比挂招牌的中药铺子便宜很多。还有一样，不能立时取药，得第二天——他从南蛮子那里早就买好了药材，自己磨药面儿，病人拿到手的药面儿不用回去再熬，取一杯热乎水送下就妥。什么草药就根本看不出来，能看出来的只有朱砂，药面儿里有点红星儿。要问王生号脉不？号脉。不号脉能叫郎中吗？

　　冬天，这个地方的人差不多都有这毛病，咳嗽。来路也都大致相同，此地苦寒，风寒袭肺，上逆为咳。慢慢地，来找他的人多了起来，取了药差不多的都好使，简直就是立即见效、痊愈。如果吃了几天不见效，他就直白地告诉人家另请高明。

　　当王生娶了张寡妇之后，他的全部生活都进入正常轨道。张寡妇带来一个儿子一个女儿，他和张寡妇又生了两个儿子。这四个孩子没有一个当郎中。不过他也都尽心尽力养育他们，帮助他们成家立业。没有人说他不是一个好爹。大儿子有一间杂货铺，女儿和女婿开小吃铺，亲生的两个儿子在同一所铁路学校念书。难道这四个孩子没有一个喜欢给人瞧病的？不是他们不跟王生学，是他不教。他明面上说的是，这四个兔崽子没一个能行的，不是那块料。他心里想的是，别贪，这一世也就足够了，还想怎样？

　　王生连药方都没留下，他就没打算留。王生想，就像他不知道白胡子叫什么名字，到底为啥蹲笆篱子，就像谁也不知道他不会号脉一样，他希望他死了之后，什么都没有了，这世上根本、从来都没来过这么一个人。

借　马

信儿是老黑头带来的。他从三十里外的牡丹江来下乜河干吗可不知道，他直奔王张罗家。马爬犁驰过老吴家，老黑头突然想起一件事儿，他喊了一声车老板子，马爬犁向前划出两道新鲜的雪痕停下了。老黑头从皮褥子下爬出来，腿脚僵硬地下了爬犁，往回走了几步进了老吴家。天刚擦黑，老黑头却感觉一脚迈进了半夜，他两眼漆黑站在堂屋，呆了一下才透过间壁上的小窗看到里屋豆大的灯亮，接着眼前就越来越亮了。

他开口问道：少卿媳妇呢？

老黑大哥吗？吴家寡妇婆婆接声道，可是有日子没见你来屯了，快进屋暖和暖和。传来一阵窸窸窣窣的声音。

不了。老黑头说着，却看定屋门。一个细纤纤的身影移了出来，叫了声大爷。

老黑头问：少卿回来没？

还没呢，得一会儿才能到家。

老黑头跺了一下脚，几个雪块震落下来。他说：少卿媳妇，有句话不知当讲不当讲。

您老说吧。

你爸跑了。

啥时候的事儿？

你出门子当天吧，把你送上轿子，他就没影儿了。

一直没回来？

没回来。

怎么没人告诉我？

你妈不让告诉你。今儿我是走到你门前了，寻思不说一声也不见起对。

老黑头说完也不等后话转身出门，落下秀芝呆立着。

又跑了。秀芝心里说。这事儿并不让她吃惊，倒是心里一沉一拖，那不一定是为了爸，而是为了妈。这个爸一辈子就不乐意待在家里，一点办法也没有。有时候跑出去一年半载，有时候五六年。她怎么和二姐差上八岁的？就是这么回事。她倒是没想到他老了老了，还是要跑。这次回不回得来可就不一定了吧？这大雪泡天的，他都过了六十岁了。说实话，她讨厌他，有点怕他。只要他在家，她就不自在。不过她还是挺感激他的，他给她找了一个好婆家。吴少卿有文化，在牡丹江火车站工作。关键是对她好。他们刚刚结婚一个月，按理说，她还看不透他，却也还是觉得他好。

跑了就跑了吧。谁能留住他？秀芝这会儿想起来家事，很痛。记事儿起，自己就没家，跟妈妈住在姥姥家，那时候还在老家陶赖昭。爸总不在家。他在家的时候才坏呢，鸡飞狗跳的。姥爷姥姥、舅舅们都看不上他。两个姐姐，她还没和她们相处够呢，被爸一个一个找了婆家换钱了。把她的马也给卖了。那马怪可怜见儿的。马贩子从内蒙古带来一群马，没想到半路生下一个小马驹，病恹恹的，不像能活下来的样子，马贩子要赶路，也不想带着个麻烦。马贩子算是老朋友了，每次贩马都留宿在姥姥家，人家看她喜欢，就送给她玩儿了。那马可是她一手照顾大的，她能驾驭它，却无法保护它，还是让爸给换钱了。秀芝想，他还不如不回来，永远别回来呢。回来了就把她们娘俩带走了，从陶赖昭带到五百公里之外的牡丹江来了。她可不想离开陶赖昭，离开姥姥家，人家可从来没有赶她们娘儿俩。可是，爸把她和妈妈带走了，带到谁也不认识的地方去了。她和妈受了多少苦，遭了多少罪呀！全靠妈会做针线活，妈的手艺可不是一般的手艺，人家婚丧嫁娶都离不了她。不然真不知道一家三口能不能活下去。

秀芝不想往下想，不想回忆那些讨厌的事情，那些陈谷子烂芝麻。眼前的问题是死冷寒天，妈一个人在家能不能行？有没有吃的？吃的应该没问题，妈过日子真行。关键是柴火悬，有没有？够不够烧的？秀芝心焦魔乱，忧心忡忡。

吴少卿晚饭前到家，吃了饭收拾停当，天就黑透了。他把幔帐拉好，两个人就在一个私密的空间了。秀芝想跟少卿说给她妈妈送些柴火，她得从头儿说起，才能说到这件事上，于是她说：我爸跑了。少卿说：跑就跑了吧，你有我就行了。——他可能根本没听，他什么都不想听，好几天没见秀芝了，只想着亲秀芝，他也是这么做的，笑着扑上来堵住了她的嘴……

第二天是个大晴天，北风呼呼刮着。少卿去城里上班，出门前叨咕着老毛子快给他安排房子了，这样秀芝就可以跟他回牡丹江住黄色的小洋房了。他得意扬扬地说：他们离不开我，离不开我这个大翻译。秀芝收拾完家务，给婆婆装上一袋烟，然后戴上少卿的一顶栽绒帽子，一副自己织的枣红色毛线五指手套，穿上吊面羔皮大衣就出门了。她去王张罗家。王张罗开着大车店，也做卖柴火的生意。秀芝用自己的私房钱买了满满一爬犁柴火，她跟王张罗提出借他家的一匹自用马。那是一匹很漂亮的大洋马，它不怎么干活，闲着的时候多。王张罗眨巴一下眼睛说：我看你别借马了，这大冷天的，你一个小媳妇也别出门，好几十里地你根本扛不住。这样，你等我看看有车老板子闲着的，我让他跑一趟，把柴火送你妈家去吧。

秀芝脸一红，忙低下头，沉吟了片刻，她抬起头说：不行，我得回去看看我妈才放心。

王张罗说：少卿媳妇啊，不是大叔不借给你，这马有毛病，屯子人都知道，没人敢借。这杂种不听话，会欺负人，整不好半道就尥蹶子往回返。

秀芝说：有缰儿吗？

王张罗吃了一惊，上上下下又打量了她一番，说：有，两撇儿。

秀芝一手抓一根缰绳就上路了，即刻，一团雪烟迷漫开来，爬犁没影儿了。路边几个看热闹的闲人，被雪粒子激得浑身冰凉。都愣了一刻，半天没人吱声。

这一天傍晚，惨淡的晚霞将收未收之时，秀芝和马爬犁风驰而来，那架势，就是个爷们还能怎样。"咯吱"一声就停在王张罗大车店里了。有几个人从大车店里出来。秀芝交了爬犁和马，转身往家走。她的大腿受伤了，很疼，但是她走得很板正，谁也没看出来。

大车店更夫二罗锅咂巴咂巴嘴，说：少卿媳妇儿真不善呐！

王张罗笑了，大嗓豪气地说：骗了干吗，还留着下崽儿呢！

有罪的人

　　老杨福从别人手里买下西长安街一个小门面。他给山东老家写了一封长信——当然是请别人代写的，就一件事，拜托大哥给他找个姑娘，会摊煎饼就行，模样和家境不挑，大脚最好。最后这句是后加的，整封信都写完了，他琢磨来琢磨去让写信人打个挑加上的。自己在东北混了二十来年，如今下定决心安家，尽量称心如意吧。

　　信上他安排得相当周全，说，随后会给大哥寄些钱，这些钱分三份，一份给大哥，自己从十六岁闯关东到现在三十八岁，没有回过老家，家中爹娘全靠大哥养老送终，每每想到这一层愧疚难当，可这么多年风餐露宿、漂泊不定，没发财也没攒下多少钱，只能略表心意。第二份用作说媒，过礼。第三份呢请大哥好好打听，看看那些准备闯关东的或者从东北回老家探亲访友正要回来的人，从他们当中找个可靠的，把姑娘带到牡丹江。老杨福也寻思到了这件事的难处，补充说，如果找不到合适的人，就写信告诉我，我回家接。

　　信发出去了，钱寄走了，剩下的事情就是等。他吃住在自己的小门面里，白天出去干点零活，趁机找老乡，没什么事儿也找，混个脸熟。他之所以买下这个二手小房子，就是因为看到牡丹江这个地方到处都是山东人，火车站的扳道工、装卸工是山东人，长安街上外国人开的木材公司、粮栈里的工人是山东人，商铺伙计也山东人居多，街上拉车的、叫卖的都操一口不齐整的山东口音。他琢磨着给他们吃便宜又扛饿的山东大煎饼，保准没错，写信的时候他就已经决定开个山东煎饼铺了。

半年之后，一个十七岁的山东大小伙子找到了他，还举着一封信。老杨福接过一看，是自己求人写的那封家书，一瞧小伙子的脸，和记忆中的大哥一模一样。两个人蹲在墙根下一对茬儿，原来小伙子是大哥的大孙子大乖。

天哪！说好的大姑娘变成了小伙子！

老杨福没气恼，寻思也行，自己马上四十岁，土埋半截身子的人了，就算当一辈子跑腿子也没啥大不了的，东北这疙瘩到处都是，不稀奇。侄孙子养老，没毛病。

大乖来东北之前苦练了几日摊煎饼手艺，煎饼耙子都带来了。老杨福一看这套家什儿，又看了看一米八大个头下长着的一双大脚，笑了，来了句：你爷爷也算地道，除了你不是女的，别的都对上了。

转眼爷孙俩就开张了。前店后坊，跟别的小买卖家没两样，生意兴隆和顺也和这条街上别的店铺相类似。牡丹江，这个俄国火车带来的新兴城市，机会非常野蛮，遍地都是。只有一样，大乖的婚姻起先不太平顺，费了一点周折。这事儿要怪就怪大乖，偷偷摸摸先和卖开水的大老张家的大花好上了，后来又听别人说大花名声不好，耳朵根子一软想开溜。大老张拎了一根炉钩子找上门来，老杨福这才知道这个奥妙，揪住大乖的脖领子就问一句话，是不是真的好上了？大乖无奈地点了点头，老杨福一只手没有撒开，另一只手轮起来"啪啪"两个大耳刮子，又提起右腿使劲踹上一脚，告诉大乖，你答不答应都得娶。

大花一进门，老杨福就基本不干活了，小小的作坊小两口正合适。本来就是夫妻档的小铺子嘛。小两口身强力壮，不几年就养下四个孩子，老杨福帮着带带孩子。有时候想喝口小酒了，带上四个重孙子呼呼啦啦直奔小饭馆，大造一顿，桌面上杯盘狼藉，老杨福看着满心欢喜，心说，过日子过的就是这个劲儿。他心满意足。

不承想，平常人过平常的日子也不容易，虽然心中没有奢望，知足，可就是不能常乐，就是做不到，没有办法的事。为什么这么说呢？五十岁出头的老杨福病了，头一天还没啥事儿，第二天就起不来了。起先大花大乖以为人吃五谷杂粮哪能不生病，躺几天就好了，结果不行，请了郎中来开了药，还是不好，越发不好了。人不清醒，口齿却越来越清楚。突然有一天老杨福大喊了一声：我有罪呀！大乖两口子在隔壁兑玉米浆，听到了吓一哆嗦，也没多想。大花放下活计，进屋给爷爷喂了一口水，翻了身，掖了掖被子。从此以后，老杨福只会说这一句话了，不定什么时候，昏昏沉沉之中，突然高喊一声：我有罪呀！那一声真是撕心裂肺，旁边听着都心惊肉跳。

一天晚上大花问大乖，爷爷以前都干过啥？大乖说，他不愿意说以前的事儿，我问过多少回了，说闯关东之后看过青、扛过大个、当过炮手、干过保镖。大花说，这也不是挣钱的营生呀，他的煎饼铺子怎么买到手的？哪来的钱？大乖说，有一次我也问了，他说他挖过棒槌，赚了点钱。大花听了沉思了一会儿，说，我听人说挖棒槌的人不容易，啥事儿都能发生。一个人进山，没有照应，整不好人参没找到，人先没了。几个人一起吧，没挖到的时候苦巴巴地找，找到了又苦巴巴地争，真刀真枪地干，不是狠茬儿也赚不到啥钱。大乖翻了个身，没接茬儿。

第二天大花早早起来，梳洗完了也没干活，去庙上了。回来之后直接到老杨福的床前，握着老杨福一只胳膊，头伏在老杨福的耳边，轻声说：爷爷，你安心吧，我去北山庙上给你烧了香，跪在佛祖的脚下叩咕了。安心吧，佛祖不怪罪你了。老杨福听了往外吐气，这口气好长，好长，然后他一点儿气息也没有了。

满
天
星

孔　道

　　喜子跟着老乡闯关东，在黑龙江各地混了十来年，二十八岁，终于活明白了。当时他在牡丹江火车站当装卸工，饭吃得饱，酒喝得滋润，有闲心想成家立业这件事了。这件事一上心，他发现当装卸工只能"一人吃饱全家不饿"，如果要老婆孩子热炕头，得做点小生意才稳当。他想明白这回事的时候是一个春日的傍晚，他坐在老杨福的山东煎饼铺子里，琢磨自己也可以开个小店，开什么店没想明白，先想从哪里弄钱。他跟人家淘过金，运气好的时候分到不少金子，钱到手，吃香的喝辣的，逛窑子，全造了。此刻想想肉疼啊。于是下定决心再来上这么一回，说干就干，起身就走了，哪里去了，去林口县老林里挖金子去了。

　　喜子熟门熟路，老把头还认他，没废话就带他一个了。第一年没收获，淘不到。第二年他们沿着河水又往里走了一程，这回成了。漫山遍野一派枯黄衰败的时候，老把头给大伙分了金子，嘱咐大家稍等个三五天，把剩下的一点活儿干利索一起走。都知道得大家一起走，不然或许就有闪失。回"人间"的路不短，得翻过三道山、两道水，山高水深，却并不危险，他们根本不怕，野兽遍地，也不怕，都有招子。怕啥呢？怕咕咚林子。什么是咕咚林子呢？看起来就一片林子，那可不是一般的林子，不好走。不是它长了什么怪东西，是里面藏着人。这人不好惹啊，他在暗处，你在明处，你不好防备。冷不丁的一棒子从后脑勺劈下来，你完犊子了，他把金子掏走了。每个在山里混的人都知道这个，都怕。要问何必从这里走呢，选一条别的路嘛。有道理，但道理不多。有个文明词，孔道，你查一下字典就知道是这么解释的：必经的关口。那你就知道了，所谓的咕咚林子就是孔道。尽管山里暗藏着无数通道，可在某些节点上，你只有"华山"一条道可走。老天爷就这么安排的，你敢抱怨？老把头叮嘱大家一起走就是这么个缘故。不得独行，结伙成帮才能走的路。大家形成一个命运共同体，不单纯是互相保护，也有互相监视的意思在里面。或者又问，深山老林里消息是怎么传递的？劫道的人怎么知道喜子今天、此刻、单独从这经过？别问，问就告诉你，各有各的道，各有各的能耐。

可话又说回来了，这也不是非常确定的因果。比如喜子，仰仗强壮的身子骨和过人的胆量，他独自走过好几次各种各样的咕咚林子了。

这次没过去！当他意识到不对的时候，他已经把头转向身后了，也就在那一两秒的时间里，他看到一张熟悉的面孔，那面孔上有一条横贯鼻梁的刀疤，喜子认识他，和他一起在楞场扛过原木，在什么地方他忘了。此刻喜子可没打算回忆楞场的名字，他看到一根山里最硬的橡木棍子，本来奔他后脑勺来的，此刻直击他的天灵盖，他"扑通"一声倒地下啥也不知道了。

后来喜子在索伦人的帐篷里醒来了。这些索伦人是窖鹿的，整个冬天他们用爬犁拉着他。喜子吃了很多鹿肉，第二年春天他带着索伦人送给他的三张鹿皮和他们告别了。他一路返回牡丹江。

他知道这三张鹿皮换不来一个小小的店铺，也换不来老婆孩子热炕头，但足够他喘口气，好好琢磨一番的。他卖了鹿皮，拿上钱又坐到老杨福的煎饼铺子里了。当他把煎饼铺展开，抹上大酱，放上两棵发芽葱的时候，一种混合的亲切的香气扑面而来，他眼睛一热，差点掉下泪来，狠狠咬上一口，心说：舒坦啊！这时候，沉重的木门一响，有人从外面进来。喜子完全不知道会发生什么，一个不自觉的行为，他抬起头来，面朝着门望过去。那个人正好进门，四只眼睛，两张脸就对上了。喜子看到那依然横贯鼻梁的一道刀疤！

"我操！"喜子大叫一声。

"我操！"那人也大叫了一声。

喜子跳将起来，那人已经急转身，屋里除了老杨福爷孙两人，还有两个闲人，大家傻傻地看着他们旋风一样一个追着一个没影了。

小福子过江

老巴头在药铺地当腰一站，老郎中没怎么样，小福子吓一跳。

哎呀，你怎么来的？小福子在给福星木材店的老板头上扎第十九根银针。

老巴头扑通一声给老郎中跪下了：我儿子吐血不止，求您走一趟吧。

师徒俩立马定住了，一时无话。他们去不了。为啥呢？药铺在江北的西长安街，老巴头家在江南岸的叶赫屯，他们隔着一条江。

一进入阴历三月，冰冻一冬的牡丹江融化松动，逐渐开裂，出现大面积的浮冰，看着都心惊胆战，就别说过江了。这个时候牡丹江两岸就隔绝了，天大的事情也得等浮冰"跑"起来、"跑"净——牡丹江全部开化、流动起来，这时候船就可以派上用场了。有没有"强"过江的呢？有，少。两种人你拦不住，一种天生的，他就想这么干，他不知道危险吗？知道。不知道掉江里会死吗？也知道，但他就想这么干。你问他为什么要这么干，他自己都不知道，或者根本就不想告诉你。还有一种人，没办法，必须过，死了也得过。就像老巴头，为了儿子。

老郎中扶起老巴头，仔细问过了之后，开了四服药。小福子就让木材店老板顶着一脑袋银针干坐着，赶紧去抓药、打包。

满天星

老郎中说：没办法的事儿，咱就得全交给老天爷，听天由命吧。我估摸是脾胃虚寒，不能统摄血液，血溢脉外致吐血。你回去先给他吃上药，四服之后如果他不吐血了，那就有救，给他面糊、烂糊粥对付着先养起来，等能走船了，或者你带儿子来，或者我过去瞧。

我跟巴大爷过江！老郎中话刚落，小福子来了一句。

老郎中似乎早知道他有这句话，立马响亮地把毛笔摁在桌面上，说：这事我做不得主。

小福子说：王老板在这儿呢，您给我当个证人，是我自己要去的。

小福子说完埋下头，不再看师傅的脸，也不等王老板的回复。他把药递给老巴头，老巴头解下缠腰布，包结实斜挎在身。小福子还是埋着头，顺着眼，悄声移到几案边，拎上药箱跟着老巴头出门了。

他们在江边站定的时候，正是正午时分。叶子落尽之后，牡丹江左右两岸光秃秃，毫无遮挡，他们目力可及之处荒疏辽阔，远山好像退得更远了些，人顿时瑟缩渺小，江上一年四季总有风声，冰面在冬日的阳光下，闪着漂亮冰冷的蓝白光。那些画满冰河的缝隙清晰到触目惊心的地步。此刻，小福子长舒了一口气，他一点儿都不怕。

老巴头说：小先生，我包你平平安安过江，可有一样，你得听我的，我走一步，你走一步，我让你怎么走你就怎么走。你要是不听我的，兴许咱俩就都完蛋了。小福子点点头。

他们两人满脸冻通红，却一身热汗，就这么跑过了江，回到家。病人还在，一堆布片一般摊在炕上，炕沿放着一个有半盆血的盆子。小福子学着老郎中的样子坐下来，心思却难以放在眼前的病人身上，他知道这样不对，可还是无法控制自己，他满脑子啥东西呢？全是过江时的身手，他在不停地回味它们，每一个漂亮的跨步，每一次闪失，惊出的一身汗，激起的一阵鸡皮疙瘩，都值得一个一个回味。此刻他小腿肚子还在微微发麻，那是兴奋、恐惧甚至还有因为恐惧和必须听从老巴头的话，没能过足瘾的懊恼，几样情绪的混合物，还有时不时从心底跳出来的自我赞许、完成一次心愿的富足感，又立马否定，重新陷入遗憾，并发誓自己必须独自来这么一回的想法，都交织缠绕着，在他急促跳跃的心脏里震荡。也就在这一刻，他突然有一种异样的感觉，眼前特别透亮，满眼光明，老巴头放在膝盖上的手，焦黄的茸毛一根根簌簌震颤，都让他看得个清清楚楚，明明白白。小福子知道自己的任督二脉开了。这是一件大事，但他不动声色，查看着病人的脸色，那一脸的斑斑驳驳不再是谜语，而是被揭开的谜底，肚子里的病态如同白纸黑字写满了那张疲惫的脸。小福子指下脉搏"咚咚"的弹跳也不再模糊和无意义，它长短强弱第一次向他传递出明晰的信息，脏器的病患、下一步的走向再也难不住他了。小福子跟着老郎中十二年，今天、此刻，他终于明白了里面的奥妙！这真的不是一件小事，这是一件天大的事呀！小福子慢慢挺直了腰杆，他点点头，知道师傅的判断对头，师傅开的药方也对症。想了想，他觉得还欠了点什么，什么呢？小福子打开药箱取出平日里治疗创伤出血的白药，一种外敷药粉，让病人就着一口黄酒送下。他头一次这么用药，师傅没这么用过，也没教他这么用。

满天星

病人的吐血立马止住了。

第二天一早，老巴头起来一瞧，小福子不在了。他二话没说直奔江岸。顶着一头冬日的清白阳光，老巴头看见江上一个小黑点跳跃着向对岸走动。老巴头一惊，眼睛立马花了，白花花一片，小黑点顿时消失，好半天他才重新追踪回来。这时候小黑点已经移动到江中心，老巴头放眼望去，江心的冰排在流动，即便这么远，仍然意会得到那流动的线条与动力。小黑点此时站在冰排上，向下游溜去，老巴头一拍大腿叫道：坏了，被带走啦。眼见着溜出去十几米的样子，小黑点突然跳起来，跃出了跑动的冰排区，站在一块稳定的冰片上。又好像是蹲下来喘口气，然后小黑点重新变大，继续向前移动。老巴头悄没声地盯着，仿佛他发出喘气声都会惊扰到小福子跃动似的。最后几米，老巴头到底跟丢了，他再也没有看到小黑点，不过他并不担心，想，自己眼力不行了，小福子没事，他干得成，就算掉下去，那岸边的几米距离对一个二十岁的小伙子来说也没有大事，至多浑身冰凉罢了。

小福子从此以后没有在药铺出现。人们在岸边发现了小福子的药箱。可是，药箱是冰排无意推上岸的，还是小福子有意放在那儿的呢？这些谁也看不出来，反正小福子没有回药铺，也没人在牡丹江街道上看见过他。

海兰和万金

万金在江水里游得正起劲儿呢，突然有一个滑溜柔软的东西，贴着他右腿外侧肌肉瞬间划过。他激灵一下，什么鱼？这么大、这么滑？他加紧向江心岛游，心里有点害怕。他知道牡丹江里有大鱼，他在兴隆街一品鲜山东菜馆的大灶上烹过各种江鱼，有的鱼长牙齿，上眼一瞧狗牙似的，上手一摸更像。有人给他的老板送过一条两丈长的鱼。他这么寻思着，连蹬带踹，游上江心岛，刚仰壳躺下喘气，就见一道白光过去了。他一翻身，眼瞅着一个裸体女人的背影跑进树丛。他立马傻了，张着嘴一直盯着那儿，没错眼珠。不知多久，一个姑娘从浓翠中转出朝万金走来。这姑娘穿得整整齐齐，一条辫子结得结结实实。她走到万金身边坐下来，随手勾了些沙子扬过去，万金一歪头躲过了。但他还是没明白。怎么回事，发生了什么？他还蒙着呢，就这样和海兰认识了。

江心岛不大，从外面看——万金站江沿儿看它多少回了，它就像一艘大船，浓绿色的大船。高大的树、稠密的草，除了这些什么都没有似的。万金跟着海兰走，进里面一看，嚯，遍地野花，蜜蜂的脚拖着蜜袋子趔趔歪歪地从花芯儿里起飞；一群野鸭趴在小泡子边儿坐窝，水草被压得倒伏在地；两只灰黄小鸟，它们并不高飞，只在万金眉毛那么高的地方飞来飞去，落在树干上东啄一下，西啄一下。大树荫下好凉爽啊，真舒坦。他们走上一片暴晒在太阳下的草甸子，居然有同样的感觉，真舒坦啊！海兰在前面带路，两只赤足跳来跳去，让他忆起就在刚才，她走到他眼前的时候，他看到她的两只厚墩墩的脚在沙地上拧了拧，那十个脚趾之间即刻冒出一股股沙子，把她的脚趾全都盖上了，只露着两块粉色的脚背，像两块上等的方子肉，然后海兰才坐下来撩了他一脸沙子。他把这一切回味了一遍，脚下立时溜起一股柔软清凉的风。

　　岛上就海兰家一户人家，他们夏季的家就安在岛上。海兰的父母都穿着鱼皮衣，看起来舒舒服服的，不是万金想象的样子，他总觉得鱼皮衣服不会舒服，可他们就是舒舒服服的，一眼就看得出来。他们不说话，也不爱笑，倒也不凶。海兰妈妈还递给万金一碗黑星星，没忘在里面插一只小木勺。海兰爱说话，不过她也不爱笑。她笑不笑的也无所谓，万金看着她就知道她很快乐，心里在笑吧，人家没必要放在脸上，不像万金隔壁冯裁缝家的二丫头，一天总是咯咯咯傻笑，像下蛋的母鸡似的。万金向海兰的父母问了好，他们啥也没说，他们总是静悄悄的，就把眼睛睁大了些，万金看到里面像江水一样蓝瓦瓦的。海兰说：他们不会说你们的话，能听懂几句。万金这才忽然明白，海兰如果没有那个劲儿——什么劲儿呢，他一时想不明白，就是不一样，和别的姑娘不一样。不过如果她没那个劲儿，她和别的姑娘能有啥区别啊？看起来她穿的戴的和牡丹江街上的姑娘一模一样，说话也是，什么都会说，可就是不一样！

　　万金给兴隆街一品鲜掌勺，他没有多少时间玩耍，但凡他有点时间，他就去找海兰。海兰带着他划桦木小船，有时候能看到她的父母在不远处叉鱼，有时候看到她妈妈在岛上晾晒鱼干。他们总是静悄悄的，一家人都是，安安静静的。

当海兰和万金在江水上漂着的时候，海兰爱唱歌。那歌声细细碎碎的，就像江上的波纹，起起伏伏，一波一波。万金起初听着美美的，听了一阵子，就难受了，从心底里生出一些说不清楚的东西，抻抻拉拉的，缕缕不绝。他问：你唱的啥呀，怎么我要哭呢？

她一双细小的眼睛眯了眯，这样本来就有点短的鼻子揪在了一起，像一只小狗似的。万金就哈哈大笑起来，这时候海兰用万金听得懂的话唱起来：

小傻瓜呀，小傻瓜，小傻瓜，真的，真的，你是小傻瓜……

有时候他们依偎在草地上，海兰也唱这支歌。海兰的爸妈在小岛的大湾，或者在极远的江中苇荡里叉鱼时，突然看到从岛上惊飞的野鸭，它们排着队伍飞上天，漫天飞上一阵，打个弯儿又落在小岛边的江水中，飘来飘去。海兰的父母并不说什么，重新专注到叉鱼上去了。

或者就是这时候，海兰告诉万金，她和爸爸妈妈要走了。

去哪里？

莺歌岭。我们冬季的家。冬季我们在那里打猎。

万金心里咯噔一下，缓了缓，他问：明年春天就回来是吧？

不。海兰说。以前是这样，明年就不会了。我们不再回牡丹江了。

为什么？

这条江里已经没有多少鱼了。我们要去更远的地方，乌苏里江，也许还有黑龙江。

海兰爬了起来，她跳跃着跑到沙滩上，把她的小船推到水中。

你不骗我，是吧？万金喊着说出这句话。

不骗。海兰大声回了一句，把船划走了。

中秋之后，天气骤冷。不知道为什么，兴隆街一品鲜山东菜馆照比往日更热闹了。胖老板已经多年不上灶了，可如今，一旦有人点名要吃九转大肠、葱烧海参，他就得把圆圆的大肚子抵在热乎乎的灶上，他一边忙乎，一边大骂不停：

他妈了个巴子，你个傻万金，你他妈的傻透腔儿了，好好的日子不过，你他妈傻透腔儿了！我还告诉你，你扛不住的那一天，你哭着喊着要回我这里来，我还真不要你，你个杂种 X 的！

万金没有向他求饶，没有这出戏码呀。人家万金根本没回来，一百年都没回来，就连他的魂魄都没回来过！

牡丹江乘降所

那石砬子凭空而生！

他站在洞口，这儿看看那儿瞧瞧，心里赞叹着：索伦人真行啊，他们可真行啊。

是索伦人指给他这条道的。他和他们不认识，这个意思仅仅是互相叫不上姓名而已。山林生活中，这些并不是必需的，可以叫不出对方的名字，其实都可以根本没有名字，重要的是活下来。他知道在山林里，生存并没有多难，难的是活下来。这两个词语的微妙之处，外人并不知道吧？

索伦人告诉他石砬子上有个山洞，可以越冬。他按图索骥——的确，他们给他在地上画了线路图。他问，多远？对方伸出三根手指。他明白，需要走上三天，可不是三个时辰。怎么知道的？他曾经遇到一个不知道姓名的人给他竖起一根食指，他以为只需一个时辰的路程，没有带水，走了一天，不过他倒没有渴死。山林有山林的逻辑，外人并不真的知道。

这块巨石——他们叫石砬子，上天安插在这儿的吗？多么出其不意的一笔呀。周围群山环绕，全部被树木覆盖，绿色长龙似的，只有这一块通天巨石裸露着。又不能说它孤独，真的不能，不是那么个意思。他在山林里见识过太多意外的东西，不然为啥他要独自一人来这里呢？他可真的不远万里，就是靠着自己的两

满天星

只脚走进山林里的。从一个啥都有的地方，到一个啥也没有的地方。他知道别人会这么想，一定的，只有他不这么想，可能他真的疯了。想到这儿，他笑了，笑意隐藏在蓬勃的胡须和一头乱发中。还是那句话，他在山林里见识过太多意外的东西，总是如此，八年之后他依然这样认为。

他站在洞口，仔细观望。他喜欢这样的景致：苍茫壮阔！这是一个好词儿。把眼前的景物框上有限的一部分，会怎么样呢？一个完整的山谷就横陈脚下了。他左手一侧的山坡缓慢巨大，当然是与右手一侧相比较而言，这边的山坡陡一些，全是小灌木。两边的山坡接近坡顶的时候，高大的松树和不是很高大的桦树、椴树、橡树参差错落，像是小灌木们的深色影子。眼下正当九月，还没有开始衰败，却也苍苍郁郁的，绿，但不翠。谷底一条白线透迤而去，他知道那是河水，都说了，被框住的部分这样子。打破那框子，便看到更多的山脊，一层层拓展开去，连绵不断，直到看不见——目力不及。他总是为各种目力不及而心醉神迷！人，还是要站在高处啊。他像是赞同似的点点头。那是绝对的，得站在高处。他打开双臂，伸展着，长长叹了一口气。

他的新家，这个山洞非常完美，洞口不大，洞穴高，纵深也长。他明白这样的山洞真的很舒适，所谓冬暖夏凉就是这种。可以长远打算的家，但也不一定。他总是遇到变数，他的人生仿佛就是为着变数设定的。他一边琢磨着，里里外外看过了，却躺在洞口边上。他并未打算睡着，只想躺下来，扬起眼睛看上一阵蓝瓦瓦的天空，再稍微放下一点儿眼帘，享受那些绿色的、苍茫的山脊突然涌入的一刻。他静静地、重复地做着这些，睡着了。

他听到了一些声音。起先以为梦中的东西，也零星、零落着，后来越来越清晰，越密集。当他被惊醒的时候，此起彼伏的嘶吼声，响彻整个山谷！这么大的动静，他可从未遭逢过。他起身，站在洞口，夜色深沉，但天空并不黯淡，它藏蓝清澈，似有光，可见山谷间，高岗上，灌木丛后面，庞大的身影缓慢移动。他知道他无意间闯入马鹿们的恋爱场。他是个局外人，此刻却无法像一个真正的局外人那样。他无法形容那嘶吼，那是什么声音啊？"吼吼吼……"并不尖锐，也不高亢，像是条深邃漫长的洞穴，又不曾遇到任何阻碍，那声音就这么直通通奔来，穿越夜幕下的笼统与虚无，向着一种明白无误奔来！它喷薄而出的巨大震颤引发的山河共鸣，在整个山谷间奔突激荡，冲击着他的耳膜。他听到枝叶簌簌地颤动，看见大鸟平展翅膀在山影中划过。整个山谷、整个夜晚被编入一种激昂的律动中，通宵达旦！似乎月光下的一切，都在起死回生，或者重新发芽。他脑浆蒸腾着，四肢发麻，慢慢坐下来，想，我要回家了，我要回家了，是时候了。

黎明中，马鹿的嘶吼还在持续，他已上路。在一次回眸中，他看见朝阳正好擎在两只巨大的马鹿角之间……

半个月之后，有一个"野人"走进牡丹江兴隆街，他先理了发，又在成衣店买了衣服和鞋子。当他走到牡丹江乘降所，面对铁轨、站台，坐在窗下长条椅子上的时候，在别人眼里，这是一个穿长袍，着皮鞋的文明人。

他坐在那儿，一声不响。

一列货车从货场满载出来，缓慢经过他的面前，车头下红色的铁轮碾动，有一种巨兽般的醒目感。就在这时，火车突然炸出一串嘶吼，他猛地一惊，本来舒服地靠在椅背上，他直起身，往前倾着身子，陷入沉思。

牡丹江乘降所并没有客运人员，没有售票业务，旅客无须买票，他们逮到客运列车就可以上，车上补票。

他就坐在乘降所窗外的长条椅子上，看着一列列火车嘶吼着来往奔袭。停靠，然后奔袭。他没有上车，从白天到黑夜，他一直坐在那儿。

无名氏女人忘记恨

兴隆街山东菜馆门前有个小脚女人，她坐在那儿缝补衣服，一声不吭，只管低头缝纫。隔壁山货铺子的掌柜小算盘起先没多想，只在心上防备着，哪一天老山东子不耐烦了——他管山东菜馆老板柴福发叫老山东子，驱赶到我这边儿，老婆子，我可不惯着你，在我门前摆摊儿，一分钟也不行，倒找我钱都不行，不像话！

小算盘脑子里的算珠子拨拉得确实快，可眼神不怎么样。人家可不是老婆子。小脚女人穿着一身肥肥大大的黑色裤褂，头上包着一块家染藏青老布片，布片下面却是一张唇红齿白的小媳妇脸。

有半个月吧，小脚女人就坐在山东菜馆门前，每天都来，头晌到，傍黑离开。小算盘这时候已经观察到更多的细节了。这女人自带一个小马扎，一个装针头线脑的筐箩，还领一个四五岁的小男孩！嘿，小算盘可就上心了。他看到，这小男孩被女人牵着走到菜馆门口，她手一松一送——的确有那么一个往前送的小动作，小男孩就一个高儿蹿进菜馆了。小算盘眼睛一亮，这里有事儿！他跑到对面粮栈趴窗户看热闹去了——指不定别家的窗户里面也有眼睛往外看呢，小算盘算准了老山东子扛不住。不多时候，就见老山东子从屋里出来了，没说话，唉声叹气了一阵，围着小马扎转了一圈，指天指地跺跺脚回去了。那小脚女人纹丝未动，就像根本没见着老山东子这个人似的。山东菜馆临街有两个窗户，门两边一边一个，小脚女人就坐在靠近小算盘山货铺子这边的窗下，都快成一景了。

有一天小脚女人没出摊，老山东子带着两个人出来，把小脚女人守在窗下的那扇窗户扒了，开了一个门，门边钉了一个小木牌：缝纫店。小算盘过去仔细瞧了，这个新开的门，并不完全在原来窗户的位置上，它往小算盘的铺子一边移了一些，省出来的地方，老山东子给自己的饭馆门加大了，变成对开的两扇门，牌匾新换了与门楣宽度相应的，还漆得锃亮。小算盘懂，老山东子损失地盘是真的，不过这么一弄呢，山东菜馆倒是更醒目了，牌子亮，门大了嘛！这不仅仅是小算盘的心理活动，他当着老山东子的面，竖起了大拇指。

那一小间小算盘也看了，比一张餐桌大不了多少，不过他看小脚女人倒还满意。那小男孩依然往菜馆里蹿。小算盘一直在琢磨，到底咋回事？他琢磨来琢磨去，脑子呼啦亮堂了。他记得三四年前吧，山东菜馆里有个小伙子，挺高的个子，老山东子说是他远房表外甥投奔他来了。后来有一天饭口，两个人乒乒乓乓又吵又摔的，之后就再也没见过那个人了。小算盘世面上混了多年，知道有些事儿可以打听，有些事打听不得，那叫多一事不如少一事。他也知道，有些事永远沉底了，完全变成黑暗的泥巴，再也无人提得起来；有些事呢却瞒不住，该知道的，早晚也都知道了。不急，他这么想。有时候他找小脚女人缝点儿什么，想方设法多留一会儿，说点儿闲话，小脚女人却只是一味支应他，并不深谈。

这期间，世事难料，每个人都应接不暇，那些过往就慢慢变淡了。牡丹江乘降所废了，新的牡丹江站在太平路南头立了起来。人高马大的老毛子突然就被小土豆子一般的小日本子取代了。中国人却在这些变化中，过着不变的日子：必须头拱地、咬着牙才能活下来。一直到1945年光复，日本人造的一条商业街银座通，被苏联红军夷为平地，中国人接管了，重新规划这条路，还取了解放路这个新名字。那个曾经的小男孩，现在高壮的汉子买下了一个小门脸，开饺子馆。他和老妈商量取什么名字，老妈说就叫"牡丹江饺子馆"吧，当年你爹给家里写信说将来开饺子馆就叫这个名字。开业头一天，全家七口人去照相馆拍了全家福，老妈坐在中间，儿子儿媳妇坐在两边，四个孙子齐刷刷站在身后。

当天晚上老太太做了个梦，梦里男人还像以往那样，满头黑发，笑嘻嘻地看着她。她说，这么多年了，你总是笑呵呵的，啥也不说。你说点啥吧，家里的事儿我都告诉你了，你儿子过日子行，四个孙子长得小老虎似的，饺子馆明儿个就开业了。我给你把家这样安顿，是不是还行呀？这个样子不就是你当初的打算吗？你从前总叨咕什么家道中兴、子孙旺盛来着。说到这里，那个黑头发的人笑着点了点头。老太太说，既然这样，你就告诉我吧，你到底怎么了？你和表舅舅之间发生了什么？为什么你没音没信了？你还活着吧？一说这个，黑头发就倏地一下没影儿了。

老太太在黑暗中醒来，翻了个身，回想了一遍梦中的事儿。她心里说，你呀真不用担心了。当年我们娘俩从关里冒蒙儿来找你，却找不到你，真吃了苦头，受了憋屈。不过，这么多年我早就没有恨没有怨了。儿子在表舅舅的菜馆学的本事，现在和表舅舅的孙子成了好伙伴。你有什么好担心的呢？她又翻了个身，心下牢牢记住，下次在梦中相见，她一句旧事不提，就告诉他，让他放心。

姐妹俩

爹把姐妹俩从山东带到牡丹江来，还有娘，一家四口这就算拔根了。

爹独自一人先在牡丹江干了几年活计。他什么都干过，拉车、装货、看店、喂马……这都没有列举完，反正他没闲着，啥都干，不惜力气。还真没白干，爹在柴市街那一大片民房的边上，盖了自己的小房子。有样儿学样儿，他认识的正经人都这样。爹也没觉得多难，把地方找好，把料攒齐，找老乡朋友帮忙，房子几天就盖好了。然后回山东老家把家眷接来，从此以后就扎根落户了。

那时候姐姐八岁，妹妹七岁。正赶上春季开学。牡丹江这个地方不论男孩女孩，只要日子还过得去，小孩子都上学。入乡随俗吧，爹把姐妹俩也送学校去了。第一天放学，姐妹俩手拉着手回家，见屋子里一堆人，爹躺在炕上盖着棉被，闭着眼睛，娘坐在炕沿上哭得肩膀直抖。爹从装卸货物的踏板上摔了下来，整个人摔坏了。姐妹俩没有请假，也没有退学，她们再也没进过学校的大门。

起初娘以为得带着姐妹俩要饭才能活下去，老乡指点她们这样办：姐妹俩照顾爹，端屎倒尿，喂饭喝水，娘呢专心给人家洗衣服、带孩子、做饭。这样一来，娘就很少回家了。

姐妹俩开始不太会伺候人。爹瘫在炕上起不来,可两只长胳膊两只大手好使,不高兴就打她们,抓到啥扔啥,不管轻重,砸到哪儿算哪儿。等姐妹俩知道互相配合着,又能样样上手之后,姐俩的时间宽裕了,还能抓嘎拉哈玩儿上一会儿。老乡出了个新主意,让邻居大娘教姐妹俩针线活儿。其实是打算教会她们裁剪缝纫,正经傍身手艺。可是三五年下来,大娘给出断言,这俩孩子是好孩子没错,可不是这块料,只能做点儿粗活儿,缝缝补补,棉衣棉裤,这些还行,细活儿做不来。姐俩也纳闷,照顾爹,她们可行了,剪头洗澡,拍嗝排便,都难不住她们,一拿针线,她们就笨手笨脚,十个手指头仿佛十根死木棍。姐妹俩互相看看手,笑了,这哪里是手,小簸箕嘛。她们还是乐意照顾爹,心想就这样照顾爹一辈子吧,做什么倒霉的针线活儿呢,不做。

这么个简单的愿望也没能实现,姐妹俩伺候爹到姐姐十八岁,妹妹十七岁,爹走了。娘终于回家住了。邻居大娘和娘唠嗑,娘流着泪拍了拍大娘的手背:恕个罪说,我到底松了一口气,死鬼还是眷顾我们娘仨的,俩妮子再不找婆家可就烂家里了。

不知道是不是憋了十年的缘故,这口气太松弛了,娘一下子嘴歪眼斜倒炕上了,从此曾经爹躺着的地方,现在娘躺那儿了。娘的手脚不好使,不打人,她骂人,总骂她们没良心,不给她好好做饭。姐妹俩倒是想给娘包饺子、煮面条吃,可面哪里来呀?肉哪里来呀?姐俩靠着给人洗洗涮涮、缝缝补补,勉强能吃个半饱,饿不死罢了。

姐姐二十八岁、妹妹二十七岁那一年的秋天,她们求着邻居和老乡,把娘安葬在爹身边。姐妹俩跪在坟前哭着说:这回俺娘和俺爹在天上能吃到饺子了。这是她们的真心话，她们真心相信天上另有一番情形。邻居和老乡旁边听着，没劝，跟着抹了两把泪。

过了几天，有几个邻居觉得不太对劲儿。哪不对劲儿呢？琢磨来琢磨去，哎呀一声，这户人家太肃静了，好几天没见姐俩的影子。他们进屋一看，空空如也。不是搬空了，本来就家徒四壁，现在姐妹俩也不见了！

他们看看门后，又奔去仓房，他们心里想着姐俩怕不是上吊了？转了一圈之后，什么也没找到。又等了几天，也没等到。慢慢猜测，兴许跟人私奔了吧？这个猜测一说出口，邻居大娘急眼了，她大声嚷嚷着：你们可别瞎说啊，这俩黄花大姑娘啥都不懂，根本不可能的事儿！

那人哪去了呢？活不见人，死不见尸的？谁也猜不透。头一个中元节邻居知道新坟没人祭奠，这地方就是这规矩。第二年，几个老乡早早去坟上堵，人没遇到，遇到新烧的一堆纸灰。老乡蹲在地上长长舒了一口气，可心里并没有轻松。一点儿都不轻松啊。

这年冬天，听说有一伙儿胡子，专劫南满支线的火车。这伙儿人里面有两个女的，姐俩，心狠手辣，比男人难对付。日本人抓了好几回都抓不到。

这个事儿人人知道，老乡们并没有往身边猜测，都知道那可不是一般人干的事儿，这姐俩指定不会是那姐俩，巧合呗。折折腾腾好几年，胡子姐俩的传说没断过。

光复之后，这伙土匪依然犯案，扒轨道，抢物资，可不同的

满天星

是，没折腾几天就被连窝端了。公审大会开过之后，土匪主要头目六人，四男两女，被押赴刑场，执行枪决。邻居和老乡倾巢出动，直奔黄花甸子。从头跟到尾。

　　没办法的事，不是他们爱看热闹。就算他们爱看热闹，这个热闹他们也不想看。都说了，他们没办法，不想去也得去，不想看也得看，因为他们得收尸。

一峰骆驼

　　1920年深秋，冬天眨眼就到，牡丹江西长安街上的麻雀开始增肥，毛茸茸的，像一只只颜色模糊的小球儿。它们在几个粮栈门前轮番落下再起飞，啄着米粒或者尘埃。它们并不能引起人们的注意，只有猫或者狗才会偶尔不耐烦，突然发起攻击，马上又放弃了。当一峰骆驼走在车辙凸起的西长安街上的时候，麻雀们最先看到它，惊呼起来的却是几个当街抱膀子的闲人。

　　这地方的人没见过骆驼，骆驼根本就不是东北的玩意儿。

　　骆驼就那么昂着头，耸着两个驼峰，慢腾腾地走着，像一座小山在平移。它稳稳当当走进大车店，直奔牲口棚，停在马槽前，鼻孔翕张了几次，和牛马一样咀嚼起来了。跟在骆驼身后的队伍慢慢变大，骆驼早就站定停下，人群却还在聚集。如果局外有一双眼睛的话，看到这景象兴许要大吃一惊，还真不知道这条街上有这么些人！有几个胆子大的从人群里跳出来围着骆驼转了一圈，他们从骆驼的左脸转到右脸，它的外在就没有任何秘密可言了。

　　光板儿一峰雄骆驼，简单的辔头、鞍子，没有主人也没有驮物。

　　大家一路跟随时，四处吆喝主人，到此刻也不见有人相认。有人说：大概其根本就没有主人。马上有人高声反驳：主人一定有，只是此时此刻在哪儿转筋就不知道了。人群里"哄"地喷出一团笑声。就这样，常常是这样，一句没啥可笑的话，到了人群那里忽然就特别招笑。那可笑之处大多透着些许可怕的预感和揣测，可能与死亡或者困顿相关，这有什么可笑呢？不对劲儿啊，说不过去呀，可笑声就是如此这般。

李嫂子为着给大车店老板送新做的棉袍子，正巧遇到了，她手里捧着包袱，也来看热闹。从人缝里瞄了一眼，心说原来世上的骆驼长得一模一样呀，可没有猫狗样数多。她这样想有个缘故，一年前，她还在老家陶赖昭，有那么一天，一个异乡人骑着一峰骆驼到达陶赖昭。他是个算命先生。李嫂子有个本家叔叔叫杨士礼，出过国门，去过日本。他跟算命先生聊了聊，笑着说，你分明是个旅行家嘛。

她父亲其实不相信算命这回事，却也并不阻拦她母亲把骆驼和主人一起请到家。谁也没想到，这一卦算得天翻地覆！把她一家四口人算到五百里之外的牡丹江去了。李嫂子之前都不知道有这么一个地方，她从出生到长大，没离开过陶赖昭。

在牡丹江，李嫂子谁都不认识，倒是不少人知道她针线活儿好，工钱又公道，找她做衣服的人开始多了起来。渐渐地，能供上一家人的嘴，房租也妥帖了。

大车店的老板在人群中，不然李嫂子早就交了活儿回家了。她寻思着退出人群找个僻静地方等，刚要转身，突然眼角搭着点什么东西，她定睛一看，脑子"嗡"地一下，骆驼头上的皮条子上有她的活计！那天算命先生见她手上拿着针线笸箩，就说请她帮个忙，什么事儿呢？他让骆驼趴下来，骨节清晰的食指指着骆驼头上的额革说，这"天井"似断非断，帮我缝一下。她便找了一截黑布条把那段要断的皮条包上缝牢。

原来骆驼真是算命先生的！那人呢？人哪里去了？怎么只见骆驼不见人呢？

李嫂子想到这儿，脑子又"嗡"的一声，李三呢？自从李三赌气，带着她和大丫二丫离开老家，落脚牡丹江，他就没找过什么正经活儿干，常常几天不回家，去哪里都不知道，问他也不说。这又有两天没回来了。

当时，算卦先生骑着骆驼离开陶赖昭之后，父亲痛下决心将她一家四口赶出家门，李三立马疯了。李嫂子想，他真疯了，不然他怎么把我父亲母亲，把我的祖宗都骂了个遍呢？她就没见过这种事情，人家都说这叫倒反天罡，不是好兆头。李三也骂了算命先生，只不过算命先生根本听不到，人家骑着骆驼影儿都没了。李三发毒誓要杀了算命先生，人家没影儿了他也要杀。他这么一折腾，李嫂子就知道算命先生算对了，人家真把他算准了。

李嫂子越想越不舒坦，难不成真有冤家路窄这一说？就那么巧，说书讲古似的？她热闹也不看，捧着包袱回家了。

当天后半夜，李三撬窗进屋。李嫂子并未睡实，她嗅到一股浓烈的血腥气。等李三脱下衣服扔到地上，又从被垛上扯下被褥，钻进被窝，李嫂子突然开口，李三吓一哆嗦，跳起来一把封住她的口。李嫂子甩开他，低声说：

你干的？

李三没吱声，他撒开手，躺平，闭上眼睛。

在哪儿？

李三不吱声，他一动不动。

你这两天去了哪里？

李三侧了个身，背对着她一声不吭。

李嫂子两股眼泪奔泻而下，她说：你不应当啊，不应当！你怨不着人家！你摸摸你的心，是你自己不争气，人家老杨家养了咱们十年，是不是？人家不该你的，不欠你的呀。

李嫂子担心说话多了把里间的大丫二丫惊醒，用更小的声音，仿佛只有自己听得见的声音说：你是个坏人啊，你坏透腔子啦。不一定哪一天，你不对心思了，就把我——我们娘儿们全杀了。

李三不吱声，他悄悄睁开眼睛，月光透过纸窗，已经微乎其微，可还是照得见那两道阴鸷的光。

耍大棚

　　小珍刚出家门，一个小伙子不知道从哪儿冒出来"哎"了一声，挺大的动静，小珍不得不站住了。她心里挺生气的。她倒是知道，人家不认识你，不知道你叫啥名字，可不就只能叫一声"哎"嘛。话虽这么说，小珍还是生气了。

　　"干吗呀？"小珍语气颇不耐烦。

　　"把你家锤子借我用用。"小伙子穿"戏服"，一只胳膊和这一侧肩膀都裸露着，一疙瘩一块子的肌肉像个活物儿似的，另一只胳膊倒是严严实实。他一身黑，只在腰间系着大红腰带。一看就是耍大棚的人。

　　"没有。"小珍回道。

　　"哎呀，你家咋过日子的呀，连个锤子都没有，平时不干活呀？那你家大人都干啥呀？"

　　小珍一翻白眼，说："是，不干活，耍大棚。"

　　一句话就把小伙子怼姥姥家去了。街边站着几个扎堆聊天的女人，两个小孩一搭话，她们在边儿上就支棱着耳朵偷听，这会儿也不装了，她们哈哈大笑，都停不下来，小伙子慌慌张张跑了。

　　这一天是农历四月十八，庙会正日子。也河镇娘娘庙与关帝庙相距差不多三里地，庙会就在两个庙之间摆开。也河庙会大阵仗，远近闻名，聚了冲天的人气，天光一亮，人潮涌动，热闹非凡。庙会上自然少不了耍大棚的，早早地，人家可就把大棚支好了，布幔围成圆形场子，场子中间立着一个高杆，高杆顶尖有铁环和彩旗。这帏幔里可是个小宇宙，神秘又丰富：耍猴的、变戏法的、顶缸顶碗的、下腰劈叉的、肚皮上砸大石板的……高杆高出帏幔，外面的人能听见场子里的锣鼓声和惊呼、叫好声，也能看到一丝丝在高杆上表演的吊环节目。光听响儿不解渴，光看人的半个身子在高杆上翻飞更让人着急，妥，那就得买票！

耍大棚最吸引人的节目是怪物。说实在的，上面列举的节目每个耍大棚的班子都有，不是啥了不得的事儿，真章节目——与别的班子区别开来，甚至是自己个儿班子的杀手锏、独一份的节目就是怪物了。比如人头蛇身、人头狗身等等，越怪越好，吓人、值钱。

就因为这个，牡丹江一带有个传统，每当耍大棚的大车进乡进屯，家家户户关门闭户，敬而远之——看是看的，但不招惹耍大棚的人。怕什么，怕他们偷小孩。有个传说，带细节的。说是耍大棚的偷人家三四岁的小孩，回去烧上一锅开水，先给小孩洗干净身子，再用麻线团浑身搓，一直搓得通体宣红现出血丝，那边有人即刻活狗扒皮，一张完整的狗皮——除去狗头的，趁热给小孩贴上，这一下子，狗皮和人皮就长在一起了，严丝合缝，再也扒不下来了。于是，怪物诞生了。比方说狗孩儿，那人头狗身的怪物就趴在玻璃笼子里给大家观赏，人们隔着玻璃看怪物眨眼、打哈欠、抖毛，高兴了，怪物还会回答观众提出的一两个问题。

怪物的传说是真的吗？没人敢拍着胸脯说真假，但流传久了，人人信以为真。要问耍大棚的，他们说这他妈尽瞎扯淡，哪有那回事？怪物都是天生的，我们高价从人家父母手里买来的。你若不信，班主手里有文书契约可以给你看、白纸黑字、红手印，真的还是假的呀？不知道，自己琢磨吧。耍大棚玩儿的就是真真假假、虚虚实实。老百姓该怎么防备还是怎么防备，该怎么欢迎奇怪的节目也还是欢迎。两股道。不过话又说回来了，牡丹江一带可从未听说有小孩被耍大棚的偷走。这可是实打实真的。

小珍出门是要去大庙上香，她先去邻居家找自己的小伙伴小丫。两个姑娘年纪相当，都十六岁，也都似花儿初绽，手拉手走在路上引得赶庙会的男男女女回头瞻望。或许赶庙会也有看美女这个潜在的愿望都说不定。

小姐妹俩一脚踏进山门，小丫就闭起眼睛，抓着小珍不放。这姑娘害怕庙里所有的泥塑像，不是一般地怕，怕极了。她得闭着眼睛磕头、上香。她自己根本做不到，靠小珍搀扶着她。小珍倒是啥也不怕，她大大方方上香、祷告、许愿，一双明亮的大眼睛看定一个个神佛，嘴角和眼睛都带着笑意。不过心里叨咕什么了，谁也不知道。小丫都问不出来。

小珍十八岁时，媒婆上门，介绍的男方比小珍大两岁，二十岁整。家在牡丹江柴市街，跟着老爹开白铁铺，做做铁水壶、铁桶、铁水舀子、铁笼屉啥的，日子过得不错。媒婆说了，白铁铺没有女主人，小珍进门就当家。这事儿差不多定下来了，大人们安排两个人见了一面，还给他们一段单独说话的时间。

小珍说："你不是耍大棚的吗？"

小伙子"哎呀"一声笑了："被你骂得不敢耍了。"小伙子随后解释说，自己从小就跟父亲学白铁手艺，耍大棚的是自己的表叔叔。那一年表叔叔班子里，肚皮上砸石板的人进笆篱子了，表叔叔叫他临时救场子。"不承想，差一点儿被你骂得钻地缝了。"

小珍也笑了，说："我不是故意的，话赶话就赶到那儿了。"小珍说到这儿忽然想起怪物一事，就问小伙子："怪物到底怎么回事？哪来的？耍大棚说的真，还是传言真？"

小伙子又是一阵大笑，说都不是真的。小伙子再就不多说了，抿嘴憨笑。

小珍一定要问，小伙子想想，又笑了，还满脸通红，说："等你嫁给我。你嫁给我之后，我保准告诉你。"

娘家人

秀芝出嫁那天，西长安街上出来不少人相送。秀芝被扶着刚刚进了花轿，小八子一个高儿蹿上去坐在赶车的老板子旁边。老板子瞅他一眼，小八子没动地方。老板子说：你不下去呀！

不了。八岁的小八子脆生生地回道，我得保护我秀芝姐。

跟前的几个人听了哈哈大笑，小八子晃荡着身子得意扬扬。他上面有个哥哥小七，下面有个弟弟小九，秀芝都没选，专挑了他小八子。这还不是他最得意的。秀芝背地里曾经拉着他的两只小手嘱咐过他，她说：姐姐这次出门可就指望你拿大事了。小八子问：怎么拿？秀芝笑了，继续逗小孩玩儿，说：你得事事保护我，不能让我受委屈。小八子闻着一股说不出来的香气，郑重地点点头，说：我记住了，姐姐。秀芝起身点了点小八子的天灵盖，说：到时候你会得到赏钱哟。

此时，小八子和秀芝只一层轿帘相隔。他坐在车上，眼神儿戒备机灵。小家伙人生第一次被人托付，两只小肩膀可就挺起来了，心里装着秀芝的话，记得牢牢的。

路上他也没闲着，问这问那，把车上所能看到的物件儿都问了个遍，干啥的，怎么用都知道了。忽然眼前一阵"噼里啪啦"，马粪兜里起了一堆马粪球子，还冒着一股股热气呢。小八子一惊，笑得前仰后合。

花轿车到了牡丹江边，徐徐地上了摆渡船。太阳开始显示威力了，启程不大一会儿，人畜都被弄得热腾腾、懒洋洋地想瞌睡。可能只有轿厢里的秀芝，因为不可预知的紧张，十分清醒。她偷偷把轿帘掀个缝儿，看到小八子低垂着的头，慢腾腾拉动钢索的两个男人的背影，还有远远近近白花花的江面……

突然，马车动了起来，不知怎么回事，老板子飞到半空中去了，又被甩到船上摔了个嘴啃泥，再从船上滚到江里。马车奔腾起来，失去控制，朝着大江使劲，马儿竖起的前腿把马车拖得直挺挺陡立，下一秒就要掉入翻滚的江水中。这时候，小八子跳了起来，一步移到车老板子的位置上，他蹲在制动闸前，双手握住把杆、双脚蹬住车板，向后使劲，嘴里高喊着：吁吁！

听到喊声，秀芝的手从轿帘里伸出来，一把抓住了小八子的衣衫。车老板子瞥了一眼白嫩的手和手腕，那手和手腕瞬间抽回去了。车老板子伸出一只手拍了小八子耷拉到胸前的脑袋，大声说：小兔崽子你吁吁个屁呀，做梦娶媳妇呢！小八子懵懂地睁开眼，四处张望了一番，回身把轿帘掀开一条缝，看看秀芝姐安然无恙。他转回身，叹了一口气，挺懊恼，心想，这要是真事儿多好啊。

花轿车到了也河镇秀芝婆家，接亲的女人过来，把垫脚凳放在车下，上手就要掀帘子，小八子不干了，大声说：别动，我先下。

女人吓了一跳，才看到一个豆芽子一般的小孩，心想这不是新娘子的弟弟就是侄子。女人笑了，说：你咋呼啥呀？人儿不大嗓门倒不小。

小八子一本正经：我先试试有什么机关！

跟前的人被他逗笑了，这孩子听书听多了吧，说得还一套一套的。笑归笑，人家也真的听他的，人儿虽小可是牌儿大，今儿个娘家人尊贵。

小八子跳下车，那女人问小八子：行了不，新娘子可以下车吗？

小八子点点头，说：可以了。

秀芝在轿厢里听得清清楚楚、明明白白，心里一热眼睛红了。她没有哥哥弟弟，也没有侄子，不然也不会让邻居来帮忙。结婚典礼有个环节，必须娘家弟弟或者侄子给新娘挂幔帐。请小八子来就是做这个的。

小八子稳稳当当把幔帐挂上，在边上帮忙的老太太，把挂好的幔帐推到幔帐杆子一头，整理折叠好搭在杆子上，回头要幔帐套子。有人递给她，她把幔帐套好，仰头看幔帐套子上的绣花，啧啧赞叹：瞧呀，这手艺可没比的啦。

小八子骄傲地说：那是，也不看看是谁绣的。一边大大方方双手接过人家递给他的赏钱，乐颠颠揣进裤兜里。

屋里的人又是一阵大笑，都夸他有趣。秀芝端坐在炕上，盖头下，她抿嘴笑了，心里突然好放松，就像一块石头落了地，好像什么也不害怕了。

后来有人把屋里的人都赶出去了，只留下两个女人陪着秀芝。她们俩有聊不完的闲嗑儿，并不和新娘说话。秀芝倒是觉得这样好，难得肃静。她已经有好久没这么肃静了，多久了？好像一年了吧，或者更久，从媒婆上门开始，从生辰八字被拿走开始，从两家人来来去去商量婚事开始。此刻她就静静地、安心地坐在那儿。偶尔从耳朵里捕捉到小八子稚气的声音。她便觉得这端坐也并不乏味，并不可憎，甚至有点喜欢，她喜欢听到小八子的声音，隔一阵听不到，她就要尝试用耳朵、用心搜索一番。不知过了多久，一双小脚踏出的步伐声跑进屋。显然，小八子爬上炕来了，两个女人夸张地吆喝：不要动手掀盖头。小八子没理睬她们，他隔着盖头，大声对秀芝说：

姐姐，我要回去了。以后，如果你婆家敢欺负你，你就告诉我，我带着我七个哥哥、一个弟弟来给你撑腰。

一个父亲

王小个子和人搭伙生了个儿子叫六合子——至少他是这样认为的。瞧，六合子短胳膊短腿，一看就是我的种。王小个子曾经跟几个亲近的朋友说过这个话。他搭伙的那家夫妻都人高马大，丈夫姓刘，火车站扛大个的。媳妇爱笑，一笑眼睛弯着像月牙。老刘夫妻生下三个大长脸儿子后，同款长脸的老刘病倒了，干不了重活，养不了家，王小个子才加入的。王小个子加入这个家六年，女主人生了俩孩儿，一男一女，男孩团团脸、肉乎身，现在五岁了。女孩四肢纤细，一张大长脸，三岁多点儿。

王小个子是北京人，他自己说他跟朝廷一个将军到黑龙江解决边疆事宜，完事儿将军带着人马回北京了，他偷偷开溜，留在了东北。东清铁路开通之后，他每个站都停留些日子，最后选择在牡丹江落脚。

他不干力气活，挣钱走另一路：码码人，对对缝。到牡丹江之后，王小个子五十开外奔六十了，他对自己说得积点德，码人的事儿就不干了，专攻对缝，是个消息灵通的人士，靠给各方搭建信息渠道挣好处费。他不差钱，还偷偷地在几个商号投了点儿股份。没娶媳妇没安家，只是不想在此地扎根。他知道自己早晚得回北京，月是故乡明嘛，他打算干到六十岁，带着六合子回家——那就功德圆满了，对得起祖宗，对得起儿子。

淘金把头老金头从林口深山回到牡丹江，家里乱糟糟的，姑爷跑了，姑娘整天哭唧唧，寻死觅活。老金头很生气，王小个子给他找到了线索，老金头亲自出马抓回姑爷。为了答谢王小个子，老金头在山东菜馆请他吃饭。当晚，吃饭的人不少，老金头可能在山里待久了，一时忘了城里为人处世的忌讳，当着食客的面，从怀里取出一块金子，小拇指盖儿那么大一块金子，送给王小个子当酬劳。王小个子取出一条脏兮兮的手帕，将金子放在正中央，抓着对角两个尖儿一系，那小东西就紧锁在手帕里了，手帕也不耽误用，他随意地放在桌上、手边。

喝差不多了，老金头提起酒壶晃荡一番，酒水就剩点底儿，两个人碰了最后一杯。邻桌赶大车的大列巴、铁路巡道工胖三一前一后出门了。这两个人王小个子都认识，还用大列巴的车往家里拉过秋菜。等了一会儿，王小个子和老金头作别，两人一同出门，老金头回家往南走，王小个子住在柴市街，应该往东走，他却一猫腰钻进黑夜往西北去了，最后在西长安街杨玉德的车行对付了一宿。

第二天早起，王小个子在老杨福的山东煎饼铺吃早餐，听人说：昨晚柴市街口有个人被杀了。王小个子问：谁呀？人家回说：不知道，只看到放挺的死尸挺短，活着的时候指定不高，小屁个儿跟你贼像。

王小个子没再接话，心说：真他妈没见识，那么一点儿金子值得动这么大的念头吗？得亏我没看错你们。

王小个子吃得了，从西长安街出发，先去水道街，然后过太平路到兴隆街，又从兴隆街去金铃街，再转柴市街。一路琢磨着刚搜罗到的消息，哪些有价值，给谁对缝合适，一路往家走。在柴市街上，他看见大列巴鼓着腮帮子赶着马车疾驰而过。两个人交错时，都举起一只手，龇牙一笑。像什么事儿都没发生一样。

进了家门，王小个子把一沓现钞给女主人，又看了看已经卧床不起的老刘。女主人接过钱，面露稍许歉意，说：我给你分出来点儿攒起来吧，你有个急用啥的。王小个子摆摆手说：攒什么攒，你好好养孩子吧，让他们都读书长本事，将来你还能享点儿福。王小个子说完这个，抱着六合子坐到南阁去，暖洋洋的太阳照进来，人挺舒坦。可王小个子心里不舒坦了，暗想：明年我走了，这女人的日子可怎么过呢？

师傅、徒弟和狗

　　师傅叫杨玉德，岁数不大，二十五岁。徒弟叫王崇喜，岁数不小，也二十五岁。看年龄师徒两个不太对呀，标准的师徒不应该是一个老师傅一个小徒弟吗？问得不错，这师徒俩不对的地方可多了。比方说，他们还经常穿一模一样的衣服，一人一件黑色皮夹克，马裤，皮靴。天冷了，皮夹克里面衬上羊绒围脖，出门时一人抓起一顶暗格呢鸭舌帽。有啥高兴事，师傅一把搂住徒弟的脖子走了，徒弟兴奋了，就把自己的胳膊搭在师傅的肩膀上。

　　杨玉德开了个车行，小车行。他有两辆美国车，一台万国卡车，一台福特轿车。杨玉德买车之后，从长春请来一个全能师傅教他开车、修车。他的想法不错，自家的车学起来方便，可实际操作起来，差点儿破产。杨玉德请的师傅，传授技艺的法子可以叫作挤牙膏式。学费是学费，好像这笔钱和学技能无关，杨玉德还得另外想办法从师傅那里抠东西。端茶续水、倒屎倒尿做到了吗？当然做到了，不算数的，得这样：比如隔三岔五就孝敬些烟酒钱，不过烟酒可没那么贵的。不停地孝敬，也曾经一等半年，啥也没教。杨玉德咬紧牙关，心想等我学成了，我带徒弟，一分不要，早早教会他，我还把他当兄弟。

　　杨玉德真的做到了。

　　牡丹江西长安街上各行各业，带徒弟的不少，这样的师徒关系却只有杨玉德师徒独一份。有些人看不惯，背后骂他，杨玉德也回应过。那天他带着自己心爱的大黄狗出门玩儿，顺便告诉此地非常有名气的包打听几句话。杨玉德是这样说的：这都啥时候了，皇帝都下台了，老调子已经唱不下去了，现在讲究平等。包打听就四处传播这些话，人们听了先呸一口，然后说这不傻X嘛。

杨玉德的车行在西长安街上，离牡丹江火车站近，十分借力。万国卡车送货，老宁古塔旧街、八面通、鸡西鸡东的商人找他送货，稳当、快。福特轿车接人，去宁安的文明人下了火车钻进轿车，坐小半天到宁古塔新城，舒服。牡丹江本地人娶媳妇雇他的轿车接新娘，时髦。俄罗斯木材商人、丹麦粮栈老板使用他的车接人聚会，体面。

杨玉德挣钱不？挣，不多。他不会算计，他根本就不是个天生的买卖人，他是个玩家。啥事都好新鲜，爱冒险。先说买美国车的钱哪儿来的？分家产得的。他曾祖、祖父和爹是财主，他们自己有本事，能吃苦，又有运气，每次朝廷放荒都参与开荒，一块钱一亩地，买海了去了。家业就是这么积累起来的。

有一次杨玉德带着徒弟去老宁古塔旧街送货，沿途不下千亩良田，"呼呼"向万国卡车后面溜，那真是无穷无尽，地块连个缝隙都没有，整个一块超级大田。当时正是玉米抽穗的时节，苍郁青翠的青纱帐，气势磅礴，向无尽处伸展。这时候他们的车正好从一个缓坡往下溜，王崇喜望着窗外呵呵地叫，震撼到说不出来成句儿的话。

杨玉德笑了，告诉徒弟：这些地以前都是我的。

王崇喜"嗷"的一声傻了，半天才问：现在呢？

杨玉德拍拍手下的方向盘，放声大笑：在这儿呢。

徒弟琢磨了一天，跟师傅说：哎呀，如果是我，我要地不要车。

杨玉德啥也没说，又是一阵仰天大笑。

有一天没活计，杨玉德被朋友邀约去南湖打野鸭子去了，却没有带他的爱狗。家里只有杨玉德的新媳妇。这个女人擅长家务，不爱说话。她和平日里的每一天一样，屋里屋外地忙碌。正是大夏天，阳气十足，她把压箱底的皮袄全抱出来晒上。这些东西都在没住人的西屋。忙完了还真有点累，心里叨咕着，这皮袄穿的时候也没觉得多沉呀，怎么抱出来晒晒还累够呛呢。她的脚就穿过堂屋往东屋去了，那是她和杨玉德日常生活的屋子。一进屋愣住了，炕上躺着王崇喜，好家伙，睡得呼呼的。她近前仔细一瞧，王崇喜穿着杨玉德的一身青缎子便服，枕着杨玉德的荞麦枕头！杨玉德媳妇一愣，倒像是自己进错屋了，她悄没声地退出去，悄没声地关房门。门口躺着杨玉德的爱狗，她小心地绕过狗，走出院子，去邻居家了。

王崇喜睡好了起来，溜溜达达出来，一开房门，院里满满的太阳光，一点儿动静没有，只有师傅的大黄狗趴在门口、他的脚下。他打算从狗身上迈过去，那本是一步的事儿，他也这么做了。就在他跨越的当口，大黄狗突然跳了起来，一口咬住了他的裤裆！那亮闪闪的大缎子缅裆裤救了他，这种裤子幅宽裆长，不然他裆里的物件儿可就危险了。

王崇喜看着被狗咬出一堆破碎口子的裤裆吓了一跳。这么说吧，脸都吓白了。跑到厢房的阴凉下，又琢磨了一会儿，脸红了，哎呀，通红通红，他臊得很呢，他寻思着有地缝他就钻地缝了。

妈妈去世那天

那一天来临之前没有一点儿先兆，早上妈妈身体还好好的呢，倒是外面不好，隆隆的炮声传进小玉家的小屋。那炮声起初几天离牡丹江十分辽远，渐渐地越来越近，越来越近了。大人小孩都支棱着耳朵听那声音，做着自己的揣测。即便害怕，吓得不行，一点办法没有，也在揣测。

那天早上妈妈身体还好好的，她拿着一块抹布擦箱盖上被震落的灰尘，一串尖厉刺耳的长啸从他们的头上空划过去，随后炸出连续的又闷又脆的轰鸣。妈妈举着抹布的手臂停在半空中，低声叫道：

哎哟，可不远了啊，好像落在银座通了。

妈妈话音刚落，仿佛为了给她一个干脆肯定的答复似的，炮火突然加剧，战斗机从空中压制下来大面积的、没有缝隙的、几乎要击碎人耳膜的恐怖嚎叫，爆炸就像在窗下发生。小玉家的小屋在簌簌震颤，一阵阵如风浪中的小船在颠簸，天棚上雨滴一般纷纷掉下平日里从未见过的东西。

妈妈将他们带到炕根下，蹲在那儿抱成一团，大气都不敢喘息。就在这时，妈妈一口鲜血喷了出来，那一口血，在小玉的眼里好比一股飞扬的自来水。接下来就停不住了，转眼间，已满地通红。小玉还没有从惊诧中清醒，她从母亲的怀抱里挣脱出来，跑出家门。爸爸此时正和几个邻居家的男人在一起观望，炮火突然停顿，就在那诡异的静谧一刻，他们见证了小玉发出似乎比炸弹还令人震惊的动静：爸爸！爸爸！爸爸回头看到一个小疯孩，她的灶坑门发型的短发向四处竖立奓开，两只眼睛、一张嘴都张到最大，双臂狂舞着。

父女两人回转家来，推开屋门，一股浓烈的血腥味儿直冲而来，妈妈已经昏迷。爸爸把妈妈背到背上，只说了一句话：

小玉，我带你妈去找医生，你照顾好弟弟！

八岁的小玉，没有哭，从听到第一声炮火的时候起，她没有哭过，就好像她早知道自己从此以后决不能哭。大弟小弟还在号啕，炮火再起，爆炸声在地上滚动、在空中铺张奔突，让他们的哭声爬上了一个新的高度。小玉没哄他们，她跳到炕上去，打开炕琴，掏出被褥，带着弟弟们钻进炕琴，从里面把双开门拉过来关好。家具里的昏暗带来一点安全感，大弟不哭了，小弟还在哭，他好像打定主意就这么哭下去了。小玉便学了妈妈平常的样子，伸出手在小弟的肩膀上来了一下，就一下，小弟领悟到一种责备的意味，哭声戛然而止。他们静静地待了一段时间，谁都不说话，就呆呆地坐在黑暗中，直到又一轮炮声骤起，小屋受到剧烈冲击，他们从窗台方向听到什么东西坠落、触底并碎裂，大弟说：

姐，花盆掉地上了。

小玉没吱声，点了点头。小弟重新哀号起来，一边哭一边说：

我要妈妈，我饿！我要妈妈呀，我饿！

小玉从炕琴里爬出来，去厨房点上炉子，用小铁锅煮玉米粥。她学着妈妈的样子用两块抹布垫着小铁锅"耳朵"，将铁锅端进屋。一阵炮火炸开，小铁锅差点儿震掉，小玉慌忙把铁锅放在炕上，又立马端了起来，苇席上留下圆形烧焦痕迹，她叫道：

哎呀，妈妈要生气的呀。

窗玻璃被爆炸的巨响震碎，碎玻璃毕毕剥剥，小玉再次将铁锅放在炕上，又猛然惊醒，端起铁锅，苇席上留下第二个焦煳痕迹。她跺着脚喊了一声：

妈妈会打我呀！

小玉端着小铁锅，盯着两个焦煳痕迹，再度想把它放在苇席上的时候，大弟跑上来，压着姐姐的胳膊转向地面，小玉终于把铁锅放在砖地上了。

这一天爸爸没回来，妈妈也没回来。姐弟三人在炕琴里过夜，早晨从炮火中醒来。小玉知道这是最厉害的炮火了，前几天的炮火还有停顿，人们可以在它的停顿里喘息一会儿，这会儿它们轰隆隆轰隆隆一刻都不停歇，而且它们近到不能再近，仿佛它们的目标就是这间小小的屋子，它们在小屋的四周欢快地爆炸着，指不定什么时候就将它炸飞。小玉就是这么个感觉，她一度听不见弟弟在说什么，耳朵里只有嗡嗡声。三个孩子突然不害怕了，恐惧感消失。他们一个跟着一个从炕琴里爬出来，呆坐在炕上一堆被褥中，任炮火轰鸣，任房屋震颤。总要吃东西的小弟也没有喊饿。

不知道什么时候，炮火声渐渐稀少，最后停止了，一点儿声音都没有，那真是死一般地寂静。小玉有一刻非常不适应，她觉得十分奇怪。

然后，爸爸回来了，爸爸一个人回来了。爸爸什么时候进屋的，小玉和弟弟们都不知道，当他们突然发现爸爸站在炕边的时候，小玉和弟弟们没有迟疑，哇的一声哭起来，扑了上去，爸爸紧紧将他们抱在怀里，他也哭了，泪流满面，他说：

妈妈走了。

小玉和弟弟起初并没有听到爸爸说话，他们被自己的哭声遮蔽，他们用所有的力气哭泣。爸爸把他们搂得更紧，脸埋在三个孩子的头顶上，他用冷静干脆的声音说：小日本子败了。

这一天是 1945 年 8 月 16 日。小玉的妈妈去世。牡丹江光复。

艾蒿辫子事件

争　吵

争吵终于爆发了。起先还不能叫争吵，算是一问一答吧——父子之间平时说话少得可怜，几乎不说话，两个人一开腔，全家即刻安静了，都在听，在看。

他问哪儿来的东西。他指的是"子孙橼子"上吊挂着的艾蒿辫子。它有两丈来长，不算小东西，从架在墙上的小原木杆上，几乎拖到炕面上。它在父子两个人的眼里，情形非常不同。他觉得十分碍眼，住人的屋里点上这么一根"草绳子"，烟熏火燎地也不像话。父亲认为家家必备的东西，碍不碍眼都得这么挂上，烟熏火燎没错，那也得忍。

他一句父亲一句，一来一往地对应着，炕上坐着母亲、两个中午放学回家吃饭的儿子，媳妇刚摆好了炕桌，就地站住——所有旁观的人不插话，只活动他们的眼睛，在两个人之间追随对话转来转去。

父亲说：这东西驱蚊虫没比的了，我在山里的时候，夏天就指望它，不然根本挺不住。

是啊。他接口道。他挺了挺腰板，昂然而立。是啊——他重复了这一句，说，我还是月子孩儿的时候，你一句话没留就离开家，从此以后音信全无。等我三十多岁家成了、业也立了，你突然回来，确实没比的了。

父亲立马闭嘴，停了一下，说：你在这儿等着我呢？

做儿子的一字一句：我说错了没有吧？你回答这个就妥。

父亲说：我离家是实，可我也是——

他打断了父亲，指指头上空说，老天爷可睁着眼呢！你出门淘金、挖人参去了？我们可不敢信，我们小米粒大的金子也没见过，连人参须子都没见过一根。

父亲从炕上猛地站起，旁观的人一齐仰头看他，包括站在地上的壮年儿子。可他们并未从这样的仰视视角中，感受到威慑。于是，那父亲后背塌了下来，头和脖子向前伸探，脸上聚集起一堆纵横交错的褶子，仿佛把骨头缝里的力气都抠出来似的，他放弃了后话，单挑出儿子的质问，全力吼道：我他妈没啥可回答的！

今儿个你必须回答！他的声音轻松盖过了父亲，他受够了，决心不依不饶。

父亲把烟袋砸在炕沿上，碰撞与弹起之间有什么东西飞溅而出，穿越飞扬的灰尘。烟袋坠落地砖上。父亲溜下炕，捡起，转身摔门而去。屋子里立即静到死寂，他弯下腰去，精准捏起什么，起初旁观的人都没看清。他举起来迎着窗子，这回站在炕沿边的媳妇看到了，玉石烟袋锅儿的一块儿碎渣。

父亲从此未归。也没留下任何口信。

此时父亲五十四岁，他三十六岁。时间是 1946 年 8 月。

如果他们的争吵里没有任何谎言的话，故事大概可以这样还原：父亲十八岁不辞而别，三十五年未归。他离家时，日本人还没有占领牡丹江，回来时日本已经投降。他完美躲过了牡丹江人最艰难的十四年，和几乎所有父亲、丈夫的责任。

此刻，这位三十六岁的硬朗男人，这位三个孩子的——其中十八岁大儿子，没有告知家人就当兵离开牡丹江的父亲，这位与母亲一同受过万般苦、拿出自己所有积蓄，又借了岳父的钱，在解放路开了理发馆的当家人，这位曾经丧失了哭泣功能的可怜儿子，泪流满面了。

镜中人

1955年夏天，他被一只奇怪的蚊子叮咬，手肿得像馒头。他并未当回事，还是上班去了。这时候，他已经是自己理发店的普通员工。公私合营之后，从前王记理发馆的黑字牌匾，换成红字的群众理发店。他知道自己发烧了，只不过他没有请假休息的习惯，几十年都这么过来的，无论他做什么，都没有因为发烧休息过。可这次他没有挺住，昏倒在一地的碎发中。

初秋，万木开始衰败的时候，他终于从炕上爬起来了。当时正是正午，清凉的秋风带着亮闪闪的秋阳照进房间，他站在镜子前惊住了，他在镜子中看到了父亲！不是照片上稚嫩的少年父亲，是父子吵架之后，离家出走时的父亲。他当然知道那不是真的，那只不过是自己，十年之后接近彼时父亲年龄的儿子。让他震惊的是，他现在的样子和离家时的父亲一模一样！一样蓬乱的须发，一样焦黄的脸，显得过于尖利的鹰钩鼻子，甚至深陷的眼眶中的眼

满天星

神。那是什么眼神啊，衰老、无助、孱弱、恐惧……他盯着镜中人，毫无来由地想起自己的儿子，那个十八岁不辞而别的儿子，十年过去了，音信全无，而他做父亲的却毫无办法！他不知道如何寻找自己的儿子，他几乎一丁点儿有用的消息都没有。这样，他的眼神中新增添了一缕哀愁、一缕自责，他盯着镜中人，那个像极了父亲的自己，一个上有一个失踪的父亲、下有一个十年没有消息的儿子的男人。

空谷回音

老爷子，这里是葡萄沟吗？

不是，若说它是梨树沟倒恰当，这条沟里到处都是梨树。我都没听说过葡萄沟，葡萄可不长在沟里。

老爷子，我跟您打听个人。

嘻，你尽管说吧，兴许我帮不上你的忙。这山太大了，一个孤单的人啥都不算，还不如一只虫子呢。

我找一个姓王的老人，他从牡丹江来。听说，他最早——就是年轻时候在老爷岭一个叫葡萄沟的地方挖人参、淘金。

嘿，我倒是认识几个姓王的人，从山东来的，从牡丹江来的，从鸡西来的，还有从福建来的呢。

他叫王荣升，你遇到过没呢？

没有。在山里混的人，都没名字，要个名字有啥用？姓王的就叫个老王，王大个子，王小个子。比如这个房子的主人就是老王，谁知道叫什么名字。

那您能不能让我见一下房主老王呢？

唉，不是我不让，是阎王不让。老人哈哈笑了起来，说，你早来个两三天嘛，他还活着，现在在后园子的土里了。我给他埋的。

您觉得我长得和老王像不像呢？

嘻，那不中用，没个看了。我是去年走到这儿，就停下来了，那时候他整个脑袋瓜子都没样了，一头一脸的癞皮疮，根本不知道他长啥样。他六十多岁，一口坐地炮口音。

他没说自己家在哪儿吗？

没说，说那些干吗，没用。兴许他说了，我没听。

他没留下啥东西吗？

哈哈。老人冷笑了两声，说，这种人还能有啥东西，有东西的人能住在山沟子里？

两人一时无话。老人说，莫非你是老王的后人？老人此时坐在土坯房前的木头墩子上，他在墩子上磕了磕烟灰，把一柄烟袋举到客人面前：这是老王的烟袋，我看他用不着了，就捡着用了。若你是他的后人，就还给你吧。

他没有接。那是一只黄铜烟袋锅子的短柄烟袋。他没接。

满天星

放风筝

一切都准备好了，就等着那一天了。哪一天呢？崇文可没说出口，他心里有数。他的风筝做好了，一只超大个头的刘海戏金蟾，相当带劲的大风筝，大到需要舅舅帮助才做得成。这可是个大工程。从秋天收集秸秆开始，陆陆续续做到腊月，任谁都不会说这是个小事儿。做好了摆在仓房的条柜上，他更操心了。倒不怕爸爸妈妈，他们自己从小孩长大，知道这可不是一般的风筝，笨小孩儿还真做不来。爸爸妈妈去仓房取东西会小心着不碰那只显眼的大风筝。弟弟妹妹就不一样了，崇文得小心笼络着他们，他得防着一手，防备他们对他的心爱之物下"毒"手。这可不是瞎猜的，这几个小孩可不简单，崇文领教过。崇文早就盘算好了，到时候带着大弟崇武和大妹崇梅去大江的冰面上放风筝。他的说法是让他们和他一起放，心里想的是借他俩的力，他自己无法把风筝弄天上去，他这几年都瞧明白了，除了真正的大人还得是高手，一个人能把大风筝放飞到天上去，他这个段位的就得有人帮助。他在前面跑，后面两个人擎着风筝追，当动力足够了，风筝才能飘浮起来，然后他才能用上自己学到的技术，把风筝送到天上去，越来越高，越来越带劲！崇武和崇梅当然高兴，高兴极了，忙不迭地答应保密。他们还从来没放过这么大的风筝。像这种大风筝就不是小孩玩的，小孩都知道，每个小孩的内心里都盼着能放一个大风筝，真正的大风筝。这地方——这么说吧，牡丹江的小孩人人有一个梦想，就是放一个大风筝，放得高高的，高到自己差一点儿都看不到。崇武和崇梅整天美美的，憋不住地美。崇兰比崇梅小两岁，朦朦胧胧感觉到什么，总是问崇文，放风筝带不带她。崇文说，带呀，当然带。他敷衍他们就因为怕此刻说出真相，这小东西使个坏，把风筝弄坏了，或者怎么了，那可就完蛋了，半年白忙乎。旁边的崇武和崇梅就笑，崇兰立马心生疑窦，这个小孩只有八岁，心眼儿不少，她问崇文：大哥，你是不是骗我？崇文一本正经地回答她：骗你我是你弟。崇兰说：你发个别的誓吧，这个不算。崇文说，得了，骗你我把压岁钱给你。

进入正月，西北风依旧如刀子一样，只是稍微钝了些，人们却再也等不了了，憋屈一冬天，都够够的了。农历新年一到，崇文连续几天去牡丹江上去看放风筝，自己却按兵不动，他有耐心等待，毕竟是人生第一次放大风筝，他要个最佳时机。

正月十六。这一天是爸妈复工的日子。他们家开着一个豆腐坊。和别的生意不一样，做豆腐这一行一年就休半个月，从大年初一到十五。正月十六这一天，爸妈前脚刚走，崇文就行动了。崇文、崇武、崇梅三人几乎同时开始穿大衣，戴棉帽子和棉手套，这套出行的准备让崇兰、崇仁立即警觉起来，不停地问：你们要干啥？崇兰问着问着，忽然脑子一闪，自己找到答案了，跟着穿大衣戴棉帽棉手套。崇仁还小，并不知道怎么回事，崇兰告诉他：赶紧地，把大衣抱过来，他们要放风筝去！崇仁一听"嗷"的一声哭起来，他自己还不会穿衣服，慌得只会一边哭一边满地打滚。这时候崇兰已经穿完，她没有放弃弟弟，一手抓着弟弟崇仁的手将他拽起来，一手抓着崇文的衣襟步步紧跟。崇文给崇武、崇梅一个眼神儿，猛地回身扯下崇兰的手，把崇兰抱起来往炕上扔。那边崇武和崇梅抓着崇仁的胳膊腿抬起来也往炕上送。然后他们三个人冲出房门，反身把门关紧，扣上门鼻子，挂上大铁锁。屋里的哭声爆裂开来，那崇兰也加入了，哭得撕心裂肺。门里一阵连踢带踹的乒乓声。门外三个人笑起来了，他们带着大风筝跑出院门，跑得个一溜烟尘。

牡丹江上飘着的风筝可真不少，冰面上聚集着全城高手，他们的风筝都在高天之上。三个人并没有细看，因为那不是一件容易的事情，一句话，太高了。江坝上倒有另一些人放风筝，包括小孩，全是寻常货，小燕子啊，老鹰啊，蜻蜓啊，飞得很低。崇文兄妹三人去年也在其中，如今三人都看不上眼，神气十足地开始驾驭自己的大风筝。一番折腾，三个人把风筝弄到天上去了。起初老大崇文把握风筝线，另两人围观。自己的刘海戏金蟾飘飘摇摇升上天，十分带劲！特别明亮！三个人不断发出惊呼，眼里无论如何都觉得自家的最棒，慢慢也看到天上游动的巨型蜈蚣、连串飞燕和超大个头的老鹰。在崇武、崇梅不停地要求下，崇文把风筝线让了出来，让他们两个也过过瘾。这一玩儿起来，可就成了脱缰的野马了，忘了时间忘了饥饿，将被他们锁在家里的弟弟妹妹也忘得干干净净。

他们回家的时候天都有点模糊了，这时候崇文才开始知道害怕了。既怕崇兰崇仁哭坏了、饿坏了，又怕两个小孩把窗户砸了跑出来，那个后果就不敢想象了，万一冻坏了，走丢了，玻璃划伤了呢？三个人开始连跑带颠往家赶，到西长安街"马记果子铺"，崇文拿出自己的压岁钱，买了一大包油炸点心。到自家门前，崇文先盯着朝阳的两面窗户，一看好好的——冬天的时候家家用布条子糊几层窗户缝，别说小孩，就是大人也无法从里面用正常途径打开窗户。崇文再看双层玻璃，也是完整的，这才松了口气。他们打开房门进得屋中，看见崇兰和崇仁还在睡觉。把他们弄醒了，香喷喷的油炸馃子送到嘴边。两个小孩没客气，抓起来就吃。崇兰一边吃一边哑着嗓子说：我记仇了，给我好吃的我也记仇了。

九一八

眼看着天短了，早早黑了天。白天太阳还挺毒的，晒得人后背滚烫，可到了晚上屋里哪儿哪儿都冰凉。妈打发秀芝早早睡下，自己摸黑儿纳鞋底子。夜深了，秀芝在炕上翻了个身，妈拍她，让她起来去小解，一边说"别尿炕了"。秀芝还懵懂着呢，就听见堂屋里有些动静。

"妈，睡了吗？"秀芝听得出是大哥哥回来了。

"大哥哥！"秀芝一骨碌爬起来，地上已经站着一个高高的黑影子。他的腰间深深地煞了进去，那是束皮腰带的缘故，大哥哥穿着东北军军装时就是这个样子。秀芝跳起来直扑过去，被那黑影妥妥接住。妈伸手去摸取灯儿，大哥哥制止了，他抱着秀芝坐在炕沿儿上。

"妈，这一次我们真的要开拔了。"大哥哥把声音压得低低的，"今晚就走，我好歹才请下假，回来看一眼。"

黑影里，妈的手臂僵住了，一动没动，半晌，妈说："开到哪里去？"

"妈，你别问了，不让说。"

"啥时候回来呢？"妈问，其实也是秀芝那颗小心思里的问题。

"那就没有准头了。一时半晌回不来。"这话说完就被黑暗吞没了。

窸窸窣窣的声音，妈要下地："给你预备点儿什么呢？预备点儿什么呢？"

大哥哥拦住了妈："我一个大小伙子，什么都不用。我是惦记你们。有麻烦了，爸又没在家，你和老丫要多加小心。"大哥哥停顿了一下，说，"早点儿打算，看不行，或是投奔大姐，或是到二丫那儿躲躲。"

"李显庭！"不知道堂屋里还有一个人，那人突然叫大哥哥的名字，声音带着不容抗拒的威严。看来，大哥哥回家是有人看着的。

"好了，就走。"大哥哥应着站起身，放下秀芝。

"大哥哥！"秀芝一把抓住了他，哆嗦起来，她知道大哥哥这次回家和以往不同了，和以后也不一样了，怎么知道的？她没有想，反正她就是知道了。她抓住大哥哥不放，急切中憋出一句话来，自己都没想到的话："容姐姐呢？我去找她吧？"每一次大哥哥和容姐姐见面都是秀芝来回传信儿。他们坐在小河边柳树毛子里唠嗑，秀芝像一只撒欢的小狗，跑来跑去。

大哥哥摸摸秀芝的头，说："不赶趟了。"

"李显庭！"堂屋那个人有些不耐烦了。

大哥哥走了，带起一阵风。妈说："这可坏了，这可坏了，哪知道他们会开拔呢！"

第二天，成群的飞机像暑天里的蜻蜓一样黑压压布满天空，八岁的秀芝站在当院看傻了，她跳起脚来兴奋地大叫："大飞机！大飞机！"随后，震耳欲聋的声音从天而降，秀芝脚下剧烈地震颤起来。妈跑出来把她抱回屋，两个人趴在炕根瑟瑟发抖。硝烟散尽之后，秀芝发现，学校没有了，那地方出现一个巨大的深坑，炮弹缨子像翅膀一样朝天支棱着。

秀芝从大人口中知道发生九一八事变了，大哥哥是李杜的兵，那天夜里他们从陶赖昭开拔之后，再也没回来。永远都没回来。

这是我妈妈的故事。

妈妈告诉我，九一八之后不久，外祖父就带着她和外祖母迁到牡丹江，以开豆腐坊为生。二十世纪九十年代，我在史料上见到，李杜将军九一八之后曾经在牡丹江一带抗击过日本军队，直到1933年1月从牡丹江边境退入苏联境内。我讲给了妈妈。显然地，那个时候妈妈和她的哥哥在同一个时空，却彼此互不相知。妈妈号啕大哭！那真是一点儿都没有遮掩，她号啕大哭！

密　江

密江可能是黑龙江最小的林场了。运材路的一侧规则排列着六趟白墙红瓦的平房，每趟房大概分成四户，统共二十四户的小林场。外观可见的围篱——东北人称作障子，把各家各户圈得妥妥的。前屋后院差不多都开了门，只是后院的门简便，不过是障子的一部分，不细看都看不出来是个门，也没折页没锁，随意靠在那儿，图着进园子方便种菜取菜。冬天也是要用的，一般在后园子的边角处挖一个很大的菜窖，半年的青菜都在那里储藏着呢。前门就要讲究一些，两扇相对木板门，门楣上方有人字檐儿的雨搭，也是没锁的。虽然这些障子把每家每户的边界归置得见长见方，但人们的内心里并没有那么多棱角，抬头不见低头见的几户人家，没一个是不知根知底的，房门院门连锁都不锁，那障子横平竖直说不定单是为了美观呢，再怎么讲，也不过是为着那些淘气的鸡鸭鹅狗，专为挡着它们祸祸园子的。邻居们用作间壁的障子，有的在靠近房墙处开个小门，两家走动着方便。没特意留门的也不要紧，障子两边各放一个树墩儿，一家要给另一家送一碗饺子，站在树墩上叫几声，胳膊越过障子就递过去了。如果是小孩子遭了大人的差遣，就有的瞧了：

哎呀，不是送给我家的吗，你咋还吃起来了？

另一个立马小声说：别吵吵，我就吃了一个，能咋的呀。

先前那个孩子回击道：你吃我就吃。上手就抓。

这边家长早就防着呢，笑着出来嘿唬他：赶紧回屋，跟弟弟妹妹一起吃。看着孩子的背影，家长或许会自言自语加上一句：好家伙，整不好你抱个空碗进屋了。说完哈哈大笑两声，脑子里真有个空碗，觉得有趣。那孩子端着碗进了屋，家大人也不追究，只说好香，心里难道不是明镜儿似的？只不过下一次会换另一个孩子去支应邻居，好事挨个轮，这里唯一的"潜规则"吧。

如果用上帝的视角端详，这一撮红顶白墙小房子，玩具一般摆在苍茫的绿水青山之间，放大和缩小，都不易见到另一处人类聚居地。多少年下来就这样，有的人进山来就再也没出去过。你说孤单吗？好像是，又似乎不全是。你说安逸吗？安逸是不是劳动之后才产生的感觉呢？如此简单的生活，说不定上帝也会认为这是他送给人间的好礼物。

然而，发生了一件事。

春天正是采山的季节，男女老少背上柳条筐上山采蕨菜、薇菜、老桑芹和刺嫩芽。这一天从午后到黄昏，进山的人陆陆续续从山上下来，回家。黄昏将尽时，最后一个老妇人也回来了，她的背筐中还插着一把金黄色的山花儿。但是妈妈没有等到二丫。当家人和整个林场的人确定只有十二岁的二丫一个人还在山上的时候，他们结束了等待，开始去树林、河边、山上寻找。

在山里，暮色收尽那一刻，夜幕突然降临，黑夜像布口袋一样，将小小的林场收入囊中。每个进山的人都带着电筒或者火种，他们走了很远。当东方发出鱼肚白的时候，他们三三两两互相召唤着，沾着一身露水回到山下。

这一拨人回家吃饭睡觉的时候，另一拨人进山。轮番搜寻了三天，每一个人脸色都阴沉着，他们在心里想到了一个词语：凶多吉少。没人注意到十八岁的富强在人群中徘徊了多久，他忽然开口说，有人去黑瞎子洞吗？你们为什么不去黑瞎子洞看看呢？经富强一提醒，大家互相一问，才发现的确没人去过黑瞎子洞。这次大家也顾不得害怕了，呼啦啦重返森林。拿着家什儿进得洞中，只几米处，就见到了二丫衣冠不整的尸体！

震惊当中，人们完全不知道发生了什么，有人脱下外套盖上尸体，守在旁边，另一些人下山去找富强。但是已经找不到他了。森林检查站设在林场的出口，这是走出林场去山外的唯一道路。人们询问检查站的人是否看到富强离开，回答是否定的。一群人蒙住了，都拿眼睛看富强的父母，那父亲一屁股坐在地上，做母亲的立马啜泣起来。一位中年大叔似有所悟，他悄悄退出人群，独自一人重返富强的家。这老光棍就住在富强家隔壁，那会儿富强还没有出生，他们就是邻居了。院子里空洞寂静，他没有进屋，站在仓房门前定了定神，一把拉开，富强两脚悬空吊在仓房房梁上，脚下仰翻着一只旧木椅。

山里的花还在这一处、那一处地开着，而河边的花已经开始飘落的时候，夏天到了。上帝的视角里，这个美丽的小林场还是去年的那一个吗？

二丫的爸爸妈妈要是去他们的牛棚就要经过富强的家。富强的爸爸妈妈要是去林场唯一的小卖店就必须经过二丫的家。二丫的爸爸妈妈开了一条新路。他们在河上架了两棵倒木，取道右岸，然后在牛棚附近河面上再放倒两棵枯树，回到左岸。这样他们就终于可以不必撞见不想见的人了。可是，小卖店是二丫家邻居开的，所以，自从事件发生，富强的家人就没再来过了。他们没有吵架，也没有纷争打斗，他们实在是不知道应该怎么办。

　　一场初夏的大雨倾盆而下，哗哗的雨声遮掩了二丫妈妈的哭声，有那么一刻，她似乎在大雨编织的缝隙里听到迂回而来的另一位妈妈的哭声，它们时断时续，曲曲折折，不肯终绝。她有了异样的感觉，停止哭泣，仔细谛听。听上一阵，心上的恨如蛇蜕一般，缓慢、艰难地一点点蜕落、蜕落着……

抱板皮的老胡头

不管刮风下雨，老胡头每天早上起来，喝口温乎水，再上个厕所，或者反过来，先上个厕所，再回屋喝口温乎水，然后就出去跑。怎么说呢？叫跑步吗？我可以这样写，也并不认为怎么样不当，在很多生活杂事上，我不太有什么原则性，我不知道那算什么，也不觉得有必要去弄清楚。但邻居的分歧很大，有的人认为老爷子早上出去活动活动嘛，顺便抱块板皮回家咋了？他使个大劲能抱回多大块板皮呀。有的人就认为，这老东西太鬼了，一箭双雕呐，既锻炼了身体，又占了公家的便宜。什么叫多，什么叫少哇？一针一线也是公家的财产对不对？再说积少成多，他要活到一百岁呢？天啦，这像在较真儿。

老胡头并不管别人说什么，他大概也知道人家的争议，但他不管。他每天早上起来，先喝口温乎水，再上个厕所，或者反过来，先上个厕所，再回屋喝口温乎水，然后就出去跑，从自己家出发，一路往东跑，慢跑，一直跑到两里地外的木材加工厂，继续跑（没人敢拦住他，因为他跨过鸭绿江嘛），他跑进木材加工厂，奔向山样的板皮堆，捡起一块抱在怀里，一转身，往家跑，慢跑，一路跑回家，把板皮扔在院子里，晨练结束。

可是，邻居老王线和老王福杠上了，因为啥呢？就因为老胡头。老王线和老王福两个人为着老胡头到底算是怎么回事起了纠纷，起初心平气和地探讨，围绕着上面我列出的两方面意见。实话实说，两个人最初的意见就很不同，但还是有交集的区域，比如都认为老胡头这么大岁数了，跑啥呀，消停点不好吗？六七十岁一个抗美援朝回来的老兵，整不好别再跑死了哈。但是渐渐地，他们不淡定了，争吵起来，看起来还是围绕着老胡头该不该抱板皮这件事争吵，彼此据理力争，想方设法让对方明白，自己的观点多么正确。既然我正确了，对方就要无条件听我的，你得屈从我的意见呀。可是对方不这样想，于是就吵。这种争吵有两三年了，这么说吧，老胡头跑了几年他们就争吵了几年。也不是天天吵。两个家庭本来关系非常好，两个人常在一起喝酒。这次在我家，下次就去你家，来来往往可和睦了。可有一次坏了，他们吵急眼了！老王线指着老王福说："你看你那厚嘴唇子，切吧切吧够一盘的了。"哪儿跟哪儿呀，你当人家那是猪拱嘴呀，跟老胡头抱板皮有一毛钱关系吗？老王福一愣，回嘴道："你他妈好啊，两块豆腐摞一起似的，武大郎都比你高！"这就不好了，战争由此开启了。两家隔壁住着，就隔着一道板皮障子，大门挨大门，仿佛十分自然地，两家大人小孩都参战了。当然也停火，有对峙的时候，有细小的摩擦，有大范围的全员参战，也有战略和战术的变化——你笑我多事吗？没有哇，真的和国家关系有点像呢。

老王线家的孩子抱回来一只小狗崽，虎头虎脑的，挺好看，还没名字呢，起一个嘛，就叫小乐钢，这名字也响亮，每天被老王线家人唤来唤去，一叫：小乐钢！小狗像一只球一样滚来了。老王福家就不干了，老王福最偏爱的老儿子就叫乐钢。因为这个真刀真枪地干了一架，打得鸡飞狗跳，居委会都来斡旋了。接着是暗战，过不几天，老王线家的大门被涂上了一层臭烘烘的东西。老王线跟人说——他发誓："那是人屎啊！"还有更恶心的吗？当时正是艳阳高照的六月，这样就自然而然地转入夏季攻势了。

老胡头呢？老胡头每天早上起来，先喝口温乎水，再去个厕所，或者反过来，先去个厕所，再喝口温乎水，然后去跑。去跑步时，薄雾蒙蒙，大街小巷还都没有人，早起的主妇在床头发呆，等着清醒了好去倒尿罐。老胡头回来的时候遇到的人也不多，偶尔遇到特别时期，老王线家和老王福家有意在清晨加一场战斗，会聚拢些看热闹和等着拉架的人。老胡头跑过老王线家和老王福家门口，他们的战斗他看也不看，闻也不闻，本来嘛，没老胡头什么事儿了，他们自己的战事都理不清呢。老胡头抱着一块板皮跑过那里，跑回家，把板皮扔院子里就不管了。他老伴是个齐整人，出来把板皮归置了，她把它好好地放在另一块板皮的上面。嚯，好家伙！可不是一块两块呢，好大一堆板皮垛了。这柴火，上等货！

一对夫妻

有一种人很怪，来历不清。你怎么搞也搞不清楚。每个人说起这个人来都语焉不详，可人人兴致都老高，就是说不清楚也不想放弃，一定说上几句，说上几句，说不清楚也要说上几句。怪呀！说不明白这到底怎么回事，老朱就是这种人。人人对他怀抱热忱，极有兴趣，可是说不上其中缘由。

过去森工林业的人，都猫在大山深处，许多人身世复杂，不好说。有的人胡子出身，藏着掖着的，也有人知道底细，吵架或者怎么了，一时失口，或是故意给个下马威，对方说：我就问你，老翟是谁呀，谁姓翟呀？——我父亲回家就讲过这么一件事，说，这个叫老翟的人马上熄火，避开了。有的人呢，挖壕沟是把好手，老早当兵时先给国民党挖，被俘之后就给共产党挖，又被俘再给国民党挖，翻来覆去自己都糊涂了，也不知道自己算哪一头的了。当了林业工人，一次冬运时住在山上的工棚里，自己没憋住，招了。从此大家时常翻出来当下酒菜笑话他。有的人出身大公馆，少爷，写日记几种外文轮番上，眼花缭乱的，当你面写张卖身契让你拿着送人你也不知道，但爬树采松子不行，一米多高就摔下来了。也是笑话。

老朱怎么个情况？谁也说不清。他伐木很厉害，一直伐到全国都闻名了，先进生产者。英雄不问出处，在深山里仍然行得通。

可没有老婆，岁数也不小了，老跑腿子一个，这不行呀。林场主任派自己的老婆回山东给老朱办回来一个老婆，年轻，二十岁左右的样子，白白的，胖胖的，爱笑，爱说，不该笑时她也笑，不该说时她也说。缺心眼呗，傻。老朱挺能忍的，实在受不了了才揍她一顿。揍得她哇哇哭，整个林场都听得真真儿的，跟她生孩子时一个样，整个林场都听她号叫，谩骂老朱。男人们仔细听她骂老朱，嘎嘎地笑。女人们听见了红着脸生气，可也没办法，总不能去堵她嘴呀。

二十世纪八十年代林区全面停伐，老朱的油锯生锈了，人也废了，中风了。他一条腿好使，另一条不行，拖着，用不上力。他就干脆不用力了，能走也不走。他有一架小推车，自己做的，硬木车身，自行车轱辘。从前做了给孩子们上山打柴火用的，现在孩子都去大城市打工了，不回家。他让傻老婆拉着他。他像个赶车的，傻老婆就是毛驴。那架势和毛驴车不差两样。傻老婆挺高兴的，每天都乐颠颠拉着小车四处走，她本来就不爱在家待着，两口子整天在外闲逛，都成一景了。傻老婆肩上套着一根粗麻绳，站在小车两个长长的扶手之间，一手抓住一只扶手的细柄。要是上坡，她就伏低身子使劲，脖子抻老长呢。还是费力的话，她就双手触地，四肢一并使劲，她又穿一身黑色的肥大衣服，人呢那么大一坨，趴在地上真像个什么动物，不像个人呢，哪儿像个女人呐。要是下坡，可坏菜了，就惊了似的。傻老婆有一颗玩心吧，她驾着小车往坡下冲，重力加速度的缘故，小车推着她越来越快，小车一个劲儿地往前冲，要超越她似的。她跳起来两只手紧紧抓住车柄，用身体的重量压往前冲的小推车，逼迫它减速。这样有时候要连跑带跳的数次之后，才能控制住小推车。脚下划出两道发白的土痕，升起一道黄色烟尘，和一串傻呵呵的笑声。傻老婆没有准头呀，纯粹冒险，旁人看着都吓出一身冷汗来，啊啊地叫。老朱坐在小车上瞟着老婆的一举一动，如果过分了，他就从屁股底下抽出一根一米来长的苕条，啪啪抽在傻老婆的屁股上，大声地又混沌不清地叫：刹车！刹车！多半也好使。但有一次不好使了，老朱被甩出了小推车，傻老婆自己钻火车轱辘底下了……

半年之后，老朱和傻老婆又出来了。不过调了个个儿，老朱拉车，傻老婆坐车了。小推车变成四个小轴承做轮子的平板车，走起来哗啦哗啦的。平板车上拴根麻绳，老朱套肩膀上，他拖拖拉拉地拽着小车。傻老婆腿没了，截到大腿往上。她乐呵呵的，越是人多的时候越欢实，朝老朱叫：瘸子，嘚儿，驾！驾！

家　属

　　二十世纪五六十年代的林场几乎没有老人，都是青壮年。林业工人生活环境和工作环境差，没人疼。夏天那蚊虫多得！人成了蚊子的吃食儿。冬天嘎巴嘎巴冷，零下三四十度作业，那个苦哇，自己没法说全乎。但林业工人一年四季的衣服不用自己买，白给，包括防蚊帽和裹腿啥的。工资也高。工人们赚了钱，请假回山东老家娶媳妇，然后连哄带骗地带回东北。

　　"俺的娘哟！"女人们刚刚到林场，心里嘴上常叨咕这话。

　　姑娘乍变媳妇，面子薄，除了偷偷哭，急了就叫一声"俺的娘哟！"她们也不爱聚在一起，你躲着我，我躲着你，怕别人笑话自己是被骗来的，丢人呀。吃得饱穿得暖，这些她们喜欢，可还是想家，想妈，还生气，被骗了嘛。慢慢地，她们拿着一把菜或者别的什么，送给邻居姐妹，你来我往的，也还是不太往深了说。女人嘛，躲不了孩子，直到一个个孩子出生，女人们就变了，变得啥都敢说了，变得自己都不认识自己了呢。终于聚在一起了。

　　一天男人们山上清林，中午不回家。女人们把早上吃的剩饭焐在锅里，盖好盖子，又把厨房抹布卷厚实些，沿着锅边和锅盖塞好，这样中午就不用烧火了，锅里的饭是温的。女人们喂了猪和鸡鸭鹅狗，打发孩子上学，抱着小孩子聚到一家闲聊，忽然大彻大悟，一炕家属，全是被骗来的。

一个面相有点像男人的女人说："俺可傻了，你们再也没有俺这么傻的。结婚时，他给俺一对金耳坠子，当天晚上，他说，耳坠子是借他二嫂的，如果你要呢，就给你，反正是旧的。你不要，带你去东北给你打一对新的。俺一听，赶紧摘下来，说，俺要新的，俺要新的！俺的娘哟——"

她指指自己的空耳朵，大家哈哈笑了。我看看你耳朵，你看看我耳朵，大家都是空的。就纷纷说："这不算事儿，现在不兴这个了。"

一个嘴角长了一枚痦子的女人突然插了一句话："结婚就结婚呗，俺不知道结婚还得那样！"

"哪样？"女人们忽然蒙住了。

"那样呗。"她推了旁边女人一下，大家一下明白过来，全笑翻在炕上了。

"秀曼你说说嘛，你不爱说话不好，都堆在心里把自己苦坏了，你得倒一倒呢。"女人们热切地看着秀曼。秀曼想了想，吸了口气说："好吧，俺真的早就想跟姐妹们说说了。"决心下定了，非说不可了，她的脸却白了，苍白着，她还是开口了。

"俺的娘哟。"秀曼说，"俺都不知道从哪儿说起，怎么说。俺那时候嫁给他，他告诉俺他比俺大四岁，俺十八，他二十二。俺跟娘说，他怎么看着那么老？俺娘说长得老相些呗，也不算啥，这样的人经老。可是，到东北了，俺才知道他哪大俺四岁呀，十四岁！"

"俺的娘呀！"女人们惊叫起来。

秀曼接着说："他还有两个儿子，一个九岁，一个八岁。"

女人们倒是知道这个，秀曼一来就当后妈，当时她们还以为秀曼是个寡妇呢，哪里想到她是一个黄花大闺女哟。

秀曼说："俺就不乐意了，他哄俺，说对俺好，俺说不要他对俺好，俺要回家。俺哭了好几天，天天吵着要回家。他说，你要回就回吧，你自己回，反正俺不送你。俺一听就说好，俺自己回。他说，那俺可告诉你，别赖俺没说。他说，你出了这个林场，外面尽是坏人，抓住女人就糟蹋。俺看着他的脸，看不出破绽来，俺说你骗俺，他说那你就试试吧。吓得俺傻了，不敢走了。"

秀曼停了下来，用幽怨气愤的眼神看着大家，大家也看着她，一脸吃惊。可不知道谁，突然笑了起来，结果大家都跟着笑起来了，笑得东倒西歪。

秀曼说："你们还笑呀？"话一出口，她的心忽然一动，感觉轻松了些，倒不那么生气了。大家收敛了笑声，又都巴巴地看着她，等她讲。

秀曼说："有一次俺带着老大老二去山脚下的地里摘豆角，下雨了，好大的雨，也没个房子没个棚子躲雨，俺就把自己的外衣脱下来给两个孩子遮头上了。晚上他把老大领到仓房去，偷偷问，是俺主动给他们的衣衫，还是他们要俺的衣衫。你们说说他，俺能让孩子淋雨吗？俺没那么狠呀。"

女人们叹息着，夸赞秀曼心眼儿好，会有好报。秀曼忽然觉得她们的话听着好舒服，挺高兴的，嘴角就起了一个笑，心上也暖暖的。不知道怎么一下，脑子闪过他的样子，他眼神怯怯的，总怕她生气。还有就是，摘豆角那天晚上，他拿出三百块钱，说，

214

从此这个家你说了算，我赚的钱全给你，一分也不留，你想怎么花就怎么花……姐妹们还在说笑，秀曼听不进去了，她沉浸在自己的心事里，琢磨着，琢磨着自己，琢磨着他，好像不太明白，又好像知道一些，最起码看到了他的真心。她眼睛起了一层雾，低下头，想，我晚上得好好给他们爷们做顿饭了……

雪夜人不归

林场调度外号张大炮。张大炮每天傍晚下班回家一路上鸡飞狗跳，阵仗很大。他倒是不动手，就动动嘴。两片又紫又厚的嘴唇，上下一碰，“咣咣咣”就成了火力点。

这一天，他从场部出来，刚转上运材路，就见十三岁的玉芝和十二岁的玉芬、十一岁的成林，仨孩子一架地排车，车上码着满满一车烧火柴。老大玉芝在前驾车，像只健壮的小马那样，低低地垂着头、蹬着腿使劲。玉芬、成林在车体两侧，扶着车沿儿帮着推。人小车大，又重，三个小孩子就像匍匐在地的可怜的小动物。张大炮就炸了，开嗓大骂：

“这老山东子简直没人性，一点儿人性都没有哇！这么点儿的孩子（意思是年龄小），这是使唤牲口呢！”他也不帮着推，他跟着。跟在车后，一路走一路骂到玉芝家。玉芝爸妈愣呵呵地站在院子里看张大炮尾随着车子而来，两人只是看，一句话也递不上来。张大炮吼道：“这么点儿的小姑娘，让她干这么重的活儿，长成一个大屁股小短腿，你们就称心了？”又追上一句，“是不是？”玉芝妈咕咕哝哝回嘴，浓郁的山东腔刚一出来，张大炮嗷的一声叫起来：“住嘴！别巴巴，你不说普通话就别巴巴！”好像他说的话就标准似的。要是现在，网友就得指责他是地图炮了，其实不是那么回事。要说的是，山东那个地方自古以来传统、厚重，到东北生活的一些山东人，爱讲究个长幼尊卑等等宗法条条的，日常生活很严谨，也很刻苦，一度让大大咧咧的东北人不太理解。张大炮说："你看看你都胖成啥样了啊？你个大老娘们在家养肥膘，使唤小孩子却毫不怜惜，我就问，你咋不上山呢？"这顿吵吵，把几只老母鸡吓得够呛，咯咯哒哒叫得停不下来。

张大炮从玉芝家出来没有重回运材路，他顺着玉芝家的障子（木栅栏）走小路去了，悄没声地趴在修理车间工人王景福家的障子上看。王家一家人都在忙，只见清扫出来的院子地上，城墙一般的柴火垛上，仓房上，屋顶上，窗台上，盖帘上，不用的门板上，甚至倒扣着的水桶底上，全是一家人齐心协力从山上采来的蘑菇哇，核桃啊，五味子呀……张大炮专心地看了一会儿，对准王景福，开炮了。他说："你们老王家怎么回事？你们一辈子是不是只有一件事，干活、干活、干活！"然后，张大炮眼圈红了，他一低头，一哈腰走人了。半路上他斜觑了一眼密不透风似的层层山峦，那一滴眼泪终是从眼眶里迸出来，只不过谁也没有看见。

张大炮回到家直接就跳炕上去了，老婆看他一眼，赶紧溜边儿躲出去。她知道他必是要听他的宝贝录音机的，而她就烦他没时没晌地听那种"靡靡之音"。她心里想，青天白日地盘腿坐炕上听那玩意儿，好吧，老老实实地听你的呗，我忍，那你干吗右手做成个耙子样，在卷曲的腿上不停地"挠"，挠着挠着就把自己弄得泪流满面了，一个大老爷们这是个什么德行呢？

张大炮有一台三洋双卡收录机，他说是自己攒钱买的，但有传言说是调木材的南方人送他的。包括那满满一小柜子原声盒带。

收录机他是任何人都不借的，哪怕天王老子。起初盒带都不借。后来二十世纪六十年代出生的一批小青年开始结婚成家了，差不多的都买个国产的录音机，当中就有林场主任的儿子，他来找张大炮借盒带，张大炮想了想，不借是不妥了，而且只借给主任儿子不借给别人，那更不是人干的事儿。张大炮灵机一动，他买了些空白带，用他的双卡录音机把他所有的盒带都复制了一份。原声带给自己听，复制带谁借都可以。

张大炮就爱听个音乐，所以天天听。这个因果关系看起来铁定成立，反推都成：张大炮天天听音乐，所以他是个爱音乐的人。这样说怎么会不成立？可有些事，因果却完全不搭界。说起来像是挺怪的，可是谁又能活成一个神仙呢？张大炮经常喝酒，但他并不爱酒。他死烦酒，却不能不常喝。冬运的时候，他很忙，喝酒的次数也就越多。他其实挺郁闷的，没有办法，一点儿办法也没有，他有难言之隐。一个冬日的晚上，正下着鹅毛大雪，木材商人请他在山下的小镇大喝了一场，商人留宿在小镇上了，本来也要留下张大炮，可是他不肯，摇摇晃晃坐上了一辆空载的运材车回林场。到了场部，张大炮下车，司机开车继续奔楞场，两个人就此分手了。

第二天早上，人们发现了张大炮。河边有一片废弃的苗圃，多少年了，这一块空地什么都不剩了，只有平展展的苗床子还依稀可辨。张大炮就盘腿坐在白雪皑皑的苗床上，坐在自己家炕上似的。他右手虚空地放在蜷曲的腿上，样子就像是舞台上指挥家没有握指挥棒的那只手。张大炮已经僵硬了，两行结冰的泪挂在苍白的脸上，可眉眼和嘴角却是舒心的笑模样。人们就奇怪了，这是哭呢还是笑呢?

　　张大炮的老婆自然是知道答案的,可是,她这时候正忙着号啕大哭,除此之外,她是什么也顾不上了。

收录机

　　小金是长春姑娘，如果没有陈良，她断不会在黑龙江的深山里安家。两个人相识在林校，毕业分配到林场。陈良本来出身林区，只是他并没有回到黑龙江西北部的大兴安岭老家去，而是去了东部一个林场，离家至少一千里吧。

　　小金和陈良学的植保专业（中专），按说林区逐步停伐之后应该有用武之地，实际上并没有。两口子被人称作技术员，却没什么事儿干，几乎赋闲起来了。林场每月开工资，小金去领，会计是个四十几岁的矮胖子，一脸死僵僵的肌肉。他总是一边数钱一边愤愤不平地说，一个刚毕业的小丫头片子，开个三四十块钱就行呗，怎么这么多！其实并没有多少钱，各种补助之类的，开到手也就七十几块钱。不知道为什么，矮胖子总像是割自己的肉，疼得脸上的僵肉都哆哆嗦嗦。小金觉得挺好笑的，可她笑不出来，她顶嘴，每次都斩钉截铁地回道，并没有拿你家的钱。顶得矮胖子直翻白眼。

　　林场生活简单，人少，除了偶尔放一场电影，平时没有娱乐活动。白天看不到闲人，家家户户都忙着发展多种经营，种木耳段，种贝母，种黑加仑，采山菜、松塔、核桃什么的，统统卖钱。

　　小金热衷收拾家，可家里连个像样的家具也没有。林场木匠倒是有两个，也不一定不会做精致些的家具，但他们不做，结果林场家家都有一套一个模子出来的家具，又笨又重——实惠。小金把它们擦得油光可鉴。在这个过程中，丈夫也没闲着，参加自学考试，又参加函授，再参加在职进修，最后弄到手一个研究生学位。然后赶上一个重视知识的年代，上头挑来选去，发现各种条条框框仿佛都是给陈良预备的，他正合适：专业出身，年轻，有学历，就当林场场长了。一套程序下来，陈良都蒙了。他并没有这样的心机，主动给自己设计一条升迁之路，这完全是巧合，他之前的各种学习真不是为了当官。这么说吧，陈良天生爱学习——就有这路人对吧？所以该着他当场长。当然这是后话，十多年之后的事情了。

还是说之前的故事。赋闲半年之后，小金的母亲来了。她的本意是带小金回长春重新生活。母亲一直不看好小金的婚事，不过也没有硬拆散，她等。小金母亲信基督，说话轻声，待人和蔼，脸上总带着笑意，但意志坚定，不妥协。母亲在小金家里住了一周，并未开口说这件事，然而小金和陈良完全明白。三口人静悄悄地待了五天，白天晚上都安静。第六天陈良要上山，小金随着去了，结果挖到一棵人参。两口子一刻未停就坐车下山，卖给药材收购站，得了四百块钱，立马买了一台收录机抱回家。当晚两个人在炕上窸窸窣窣一晚上。小金母亲背对着他们一夜都没敢翻身，半个身子都僵了。第二天小金母亲就下山，回长春了。分别时，小金有点儿害羞，母亲也没说什么，搂了搂小金的肩膀。虽然她还是不认为他们能长久，可是，小两口琴瑟和谐，她也没话可说。

后来小金生下一个女孩，细脚伶仃的，好像营养不良。这个时候陈良已经是场长了。当了场长的陈良变了，和一个二十几岁的漂亮姑娘难解难分，尽人皆知。小金就领着女儿回长春读初中去了。这一走，小金就再也没回黑龙江东部林场的家，陈良也没有再提起过小金的事情。

小金偶尔会想起那个收录机。它留在林场了。在林场相当长的清淡日子里，小金和陈良是听着邓丽君的磁带过来的，"我的心中，有个故事……我们在沙滩相遇，歌声传心曲……"小金以为陈良还会用它，用它听歌曲或者音乐。实际上，陈良并没有。自从小金离开林场，陈良就没有再见过收录机，他还以为她带走了呢。

那么收录机哪里去了？它哪儿也没去，就在仓房里，一个多年不用的红松木箱中。木箱放在一个阴暗的角落里，那地方冰凉，就是大夏天的，也冰凉，冰冰凉哟。

男愁唱

　　张二刚是奔着张大刚来的，张大刚和李秀馥夫妻俩在场部卫生所当医生，还兼着护士，既接生，也做阑尾炎手术，打滴流，扎针灸，拳打脚踢的，简直就是全科医生。场部卫生所只有他们二人，不全科能行吗？

　　二刚带着媳妇小娟从山东老家投奔哥哥，张医生挺高兴的。李医生高不高兴就不知道了，反正她本来就刀条脸，更长了。

　　不久，二刚就去青年点儿工作了，砍小杆儿（小径木），和在老家砍秸秆差不多吧。在二刚眼里，这就不算工作。二刚心中的工作，是正式职工，青年点儿什么都不是，只能算临时工，这身份看上去和老家当农民没什么两样。他就特别愁。他投奔哥哥是为了当国营林业工人的，扛着油锯，一年四季都发工作服的那种。

　　但这样的大事大刚做不到。林场每年都有新来的正式职工。有的因工作需要调来的，有的"空降"而来。这后一种来路不是张医生能知晓的，他只知道这种人并不会在林场待多久，或者一场感冒都没得过呢，就带着全套国家职工的手续走人了。林场自己没有一个新招名额。所以，大刚知道二刚的心思，但大刚做不到，他就是做不到。

　　二刚心里急，急火攻心，急得火上房了。两口子都没工作，前途渺茫，生活没有奔头。小娟做做家务，侍弄菜园子，上山采蘑菇木耳山野菜卖给来收山货的人。也没几个钱赚的。实话实说，过日子没问题，在林场与老家不同，吃喝穿戴都充裕，就是没有正式工作，就这一点不合心，太不合心啦。知道吧，这是老大的坎儿，两口子就迈不过去了。小娟看大嫂李医生整天一件白大褂穿着，出出进进，飘着好闻的来苏味儿，眼气，遇到点儿什么不顺心的事儿，小娟就哭哭啼啼，没完没了。这时候呢，二刚唱，嗷嗷唱啊。

大刚说，你别总是唱呵呵的，一个大老爷们还是消停点儿好吧？

二刚说，哥，女愁哭，男愁唱，你知道吧？

小娟生了一对儿娃，虎头虎脑，挺好看的。大刚非常喜欢，没事儿就把他们抱回家玩玩儿。有人就出主意了，说小娟，李医生不生养，你和二刚再生一个，过继给他们呗。小娟二刚说行啊，真的行。但是李医生没点头。这事儿也就算了。

二刚也喜欢自己的孩子，抱着亲，没命地亲，都把孩子亲哭了。小脸蛋给啄红了，能不哭吗？二刚眼睛湿湿地看着孩子，看半天，然后就开唱了，嗷嗷唱。本来孩子都不哭了，一听爸爸唱了起来，又哭了，小娟也加入进来，一家人哭得呀！二刚的歌声就在这些哭声中来来往往，不停不歇，穿过窗子，越过菜园子，钻出栅栏子，传出去很远很远。人们听着听着，也就眼泪汪汪的了，跟着叹气，长长一口气呀。

小娟伺候孩子很在行，两个孩子长得结实，还聪明，背诵毛主席诗词从不卡壳。冬天山里冷，零下三十多度都算平常事，别的孩子冻得大鼻涕过河，两条冰柱子了，哇哇大哭。这俩孩子没事，笑呵呵回到家，脱鞋，脱帽，脱手套，热气腾腾的。个头长得也大，真是有苗不愁长呢，人人都说再过个五六年就长成了，可以上班、工作、挣钱了。二刚常常坐在那儿，默不作声地看他们，就是看，什么也不说。

林场人吃河水，冬天在冰冻的河面上凿出一个窟窿，冰窟窿也不大，比水桶的直径略大一点儿。还常常结冰冻住，差不多一两天就得用铁镐刨一次，否则冰窟窿再次封住了，或者窟窿口缩小了，水桶下不去，取不了水。

有一天，二刚去取水，掉冰窟窿里淹死了。邻居们也不解，怎么还淹死了呢？那么个小窟窿，根本就掉不进去呀，就是真把头掉进去了，手一撑，啥事没有啊！想不通，摇摇头，还是想不通。

好多年过去了，小娟早跟着两个孩子去北京生活了。林场的老人看电视，星光大道节目，又是歌又是舞的，挺热闹。也没啥原因，猛然就想起二刚来了，说：那时候要是有电视，二刚上这个星光大道，准行！

后 记

　　整理完书稿，已经是东北的春天了。东北的春天总像是姗姗来迟。四月中旬，楼下小湖岸边的榆树和柳树才有点点绿意，冬天的湖冰刚刚在今昨两个春雷阵阵的夜晚过去之后才消失殆尽。我打开窗子，春风扑面而来，我禁不住叹息道：真舒心啊。俯瞰湖上，绿波荡漾；眺望远方，碧空如洗。心里知道新一个四季轮回开始了。野外一朵小花都没有开放，但春天开始了。这是千真万确的。对此我毫无怨言，因为我觉得这正是这块大地的不同之处，换句话说，或许恰恰是这严酷、独特的气候，赋予了这块土地不一样的气质，生长着不一样的人物，发生着不一样的故事。

　　我是如此热爱这块土地，从不为外界的褒贬而影响我对它一丝一毫的爱。当我书写这块大地上的人们的时候，我并没有把他们单纯当作我故事中的人物——当然了，小说的特质是虚构，然而我理解的虚构又不是凭空生造，在我的眼里，他们都是活生生的生命呈现。我不能简单说他们都有原型，像很多作者那样来加持自己作品的真实性，我更乐意把他们统称为我的祖先或者前辈，因了这一层血脉浓情，我才有勇气和智慧，正视他们的弱点以及人性的黑暗之处，如同正视或者说欣赏他们强大的生命力、宽阔的胸襟这样伟大的品格所彰显的人性光明之所在。这样，我才能坦然，我才能在一个人独处的时候，正视自己的所有一切。

226

满天星

时间永远向前，故事却停留在原地。当我通过时间隧道回溯的时候，他们一个个清晰地浮现于时间的岩石之上，当我迎着他们相向而行的时候，他们的面貌上并未现出一丝悲苦，他们没有辩解，也不祈求饶恕，他们就像时间当前、故事发生时那样，直面并付诸行动。我因此对他们更加敬重。

这块彪悍的土地啊，这块粗粝的土地啊！在那个时间里，生存是第一要务，似乎有一种意志力逼迫这块土地上的人，选择人性中最为豪迈的力量与命运对决。也许他们不能胜算上天的筹谋，但他们的行动不计后果，勇敢无畏，闪烁着生命原始质朴的美丽。即便化成泥土，即便随风而逝，我也依然乐意为他们献上一首真挚的挽歌。

这便是这些文字成集为书的因缘。

最后，我要真诚地感谢微型小说选刊杂志社和百花洲文艺出版社，让我的梦想成真。

2024 年 4 月 16 日于牡丹江家中